*Née à Paris en 1932, **Anne-Marie Castelain** a toujours consacré du temps à l'écriture. Ses autres passions, la peinture et le théâtre, nourrissent son style imagé et vivant.*

Le Loup du marais

Du même auteur

Aux éditions De Borée

La Dentellière de la Brume, collection Les Essentiels, 2017
Les Amours de Louise, collection Romans, 2006

TERRE DE POCHE
45, rue du Clos-Four – 63056 Clermont-Ferrand cedex 2

ANNE-MARIE CASTELAIN

LE LOUP DU MARAIS

deBorée

TERRE DE POCHE

I

Les Rameaux endeuillés

JEAN-MARIE, campé devant son char à bancs, ajusta son chapeau à guides retenus à l'arrière par une boucle en cuivre, et y enfouit ses cheveux longs selon la tradition de l'Église. Il se sentait un peu emprunté dans son gilet croisé légèrement entrouvert sur un plastron blanc immaculé, gilet recouvert d'une veste de drap noir où brillaient deux rangées de boutons. À quarante ans, son ventre s'était un peu arrondi malgré la large ceinture de cuir qui le comprimait. La chemise de lin le grattait bien un peu aux entournures mais ce n'était rien par rapport à ces fichues chaussures troquées contre les sabots journaliers…

« Eh ! vous autres ! Nous n'allons pas arriver les derniers à la messe ? Surtout le jour des Rameaux ! »

Anne n'aimait pas lorsque son homme élevait la voix. Levée depuis 5 heures elle n'avait pourtant pas failli à la tâche. Aidée de Marie-Jeanne – la servante qu'elle considérait comme sa fille –, elle avait préparé la soupe des hommes, soigné les animaux et aidé à la toilette de la petite Rosine. Ce dimanche, première grande sortie depuis Noël, la gamine âgée de sept ans quittait son bonnet brodé pour enjoliver sa frimousse de la coiffe blanche des dames qu'elle porterait toute sa vie.

Lorsqu'elles s'encadrèrent toutes deux dans la porte, suivies de Marie-Jeanne, Jean-Marie quitta son air bougon et sourit, plein de fierté. Anne était méconnaissable avec sa longue jupe noire entrevue sous un tablier de soie brodé, relique de son mariage. De son corselet, dépassait sa collerette en percale qui lui couvrait les épaules. Quant à sa coiffe avec ses rubans en « anse de panier », comment aurait-elle osé affliger le Seigneur et être la risée des commères si celle-ci n'avait pas été impeccable de blancheur !

« Vous en mettez du temps les femmes, pour vous apprêter ! » reprit Jean-Marie.

Mais son visage empreint de bonté ne fit pas prendre les reproches au sérieux.

François s'était chargé d'atteler. Puisqu'il venait de fêter ses quatorze ans, on pouvait compter sur deux bras supplémentaires. Peu doué pour l'école, il aimait les travaux de la ferme. Avec le recteur il avait appris à écrire le breton et ce qu'il fallait de latin pour chanter la messe.

C'était un travailleur et un bon chrétien. Anne y était pour quelque chose. Ne lisait-elle pas *La Vie des saints* certains soirs de veillée ? Il n'en était pas moins un enfant rebelle, coléreux ou taiseux, suivant son humeur.

Les deux hommes aidèrent les femmes à prendre place dans la charrette tandis qu'ils prirent les rênes de l'infatigable cheval qui, d'instinct, prit le chemin de l'église. Pour atteindre Brasparts, ils empruntèrent le seul chemin carrossable « requinqué » depuis peu, après les désastres de l'hiver. Jean-Marie lui-même avait donné ses deux journées de corvée comme tout citoyen, pour supprimer les ornières et réparer les dégâts des ruissellements.

Anne, d'ordinaire peu loquace, attira l'attention de sa fillette blottie contre elle et de Marie-Jeanne :

« Fini l'hiver mes enfants ! Le printemps est là. Tout est vert partout ! »

D'un geste, elle montra les fougères des hauts talus et les frondaisons des châtaigniers qui formaient déjà une voûte.

Aux abords du bourg, le cheval docile se laissa attacher au seul anneau disponible sur la place aux Cochons.

Une grande animation régnait dans la ville en fête. Les femmes se saluèrent amicalement, feignant de ne pas s'ébaubire sur telle robe de velours, tel tablier brodé. François emboîta le pas à Jean-Marie. Ils furent interpellés par un groupe de paysans, ignorant les femmes, farauds dans leurs habits de fête :

« Jean-Marie ! T'es bien fier à c't'heure ! Après la messe on vous attend chez la Philomène boire un pichet de cidre ! »

Anne, n'écoutant pas la réponse, serra un peu plus fort les bras des filles et pénétra dans l'enclos. Au pied du calvaire, sur les marches du socle, de vieilles femmes étaient assises, importunées par des mendiants à qui on ne pouvait refuser quelques piécettes tant leur misère navrait le cœur. Il lui était si familier ce calvaire de granit ! Elle se signa en regardant la croix. Si saint Michel pourfendant Lucifer avec le sourire la rassurait, au-dessous, la rigidité des trois Marie portant le Crucifié la mettait mal à l'aise. L'expression de ces saintes femmes de pierre était accusatrice, semblant dire : « Regarde ce que tu lui as fait ! »

Sous le porche encombré parfois les jours de pardon de paniers et de parapluies, des vendeurs de buis et de lauriers que l'on bénirait à la sortie de l'office se disputaient les bonnes places. À l'intérieur du sanctuaire, les femmes se rangèrent sur la gauche et les hommes à droite. Attentive lors de la liturgie, Anne reconnut entre toutes la voix de son fils malgré la distance qui les séparait du chœur. Le sacristain qui conduisait au lutrin lui avait même dit un jour : « Votre fils a une voix céleste. » Et certains qui prétendaient que c'était un scélérat !

Les cloches sonnèrent pour la dernière fois avant leur départ pour Rome. La petite Rosine qui suivait avec distraction l'office se posa mille questions sur ce voyage des cloches, mais puisque Ma'm le disait…

À la sortie, les bras chargés de rameaux, Jean-Marie entraînant François planta là les dames :

« Tiens, Anne. Prends les bouquets puisque vous allez au cimetière. Nous, on va chez la Philomène. On se retrouve à la charrette. »

Anne n'aurait jamais osé protester. Son homme se donnait tant à l'ouvrage ! Mais de là à entraîner « son petit » au cabaret…

Comme à chaque sortie de messe, elles allèrent dans l'enclos s'agenouiller devant les tombes de leurs défunts. Marie-Jeanne aussi, qui n'était que la servante. La pauvre ne comptait plus de famille. Elle avait été gagée à douze ans. Elle en avait dix-huit aujourd'hui. Sa silhouette était charmante. Grâce à un laçage sans complaisance du justin, on devinait sous la guimpe les deux pommes lorgnées par les garçons. Sa taille fine était accusée par le rebondissement des hanches sous lesquelles tanguaient trois jupons. Quant au visage, les yeux couleur écureuil captaient l'attention comme un aimant. Loin d'être provocante, elle baissait souvent le regard en présence de cette race masculine dont on la mettait en garde comme du Diable.

La vieille Ma'm goz, toujours assise à la pierre du foyer ou prenant le soleil au seuil de la maison, elle la revoyait, un ouvrage à la main, la parole toujours apaisante et indulgente.

Elles déposèrent quelques rameaux.

Le cheval hennit de plaisir lorsqu'il aperçut les femmes. Rosine, toujours raisonneuse, demanda si le cheval conversait avec ses congénères attachés aux anneaux proches.

« Sans doute ma fille. "Ils" ont leur façon. Mais sais-tu que la nuit de Noël on dit que les bêtes parleraient notre langage ?

– Vrai Ma'm ?

– On le dit Rosine. Voilà le père », ajouta-t-elle.

L'air embarrassé, Jean-Marie sans préambule détacha le cheval et fit signe aux femmes de monter.

« Et François ? demanda Anne.

– Il reste avec des copains. À l'après-dîner, il y a des concours de quilles et de galoches. Il faut lâcher la bride », dit-il en tirant celle de son cheval.

Anne se tut. À sa bouche pincée et ses yeux baissés, Marie-Jeanne connut combien sa patronne souffrait. Son fils lui échappait, il n'était plus à elle. Deux garçons elle avait enterrés en bas âge, alors celui-là… elle le défendrait bec et ongles.

Le chien Fistoulig fut le premier à les entendre et les accueillir. Corentin, le valet fidèle, fit les gestes nécessaires pour replacer le cheval en prairie et s'effacer devant la famille.

Avec Yves son commis (« l'enfant trouvé » comme on disait dans le pays), il s'était rendu à l'office matinal avant ses maîtres, comme cela se conçoit, pour pouvoir garder ensuite la maison. La gent féminine eut vite fait de servir la soupe aux choux fumante et redonner quelques tours de « bâton à bouillie » dans la pâte épaissie. Rosine, après permission accordée, retira sa coiffe. Ce geste fit rire Yves qui préférait voir la petite sauter les barrières et courser le poulain cheveux au vent. Jean-Marie garda son chapeau comme la politesse l'exigeait, mais libéra ses cheveux. Le valet, étonné de l'absence du fils, ne posa aucune question et prit place en face de son maître, de même que le commis.

« Encore ce brouet, gémit Jean-Marie. Même pas un petit bout de lard, Ma'm ? Sept semaines de carême c'est trop ! »

Anne, suffoquée, resta la louche de pâte en suspens au-dessus de la crêpière. Elle échangea un regard avec Marie-Jeanne qui s'affaira aux tisons.

Par la fenêtre entrouverte on entendit un coucou.

« C'est bon signe, affirma Jean-Marie. Qui m'accompagne pour le buis ? »

Mis à part les femmes indispensables au rangement de la cuisine, tous parlèrent en même temps :

« Moi, moi ! »

Rosine en quelques secondes plia sa jupe de velours qu'elle posa sur l'escabeau et enfila sa robe de laine. Jean-Marie libéra son ventre (creux, dit-il) de sa ceinture de cuir pour se saucissonner dans son écharpe de flanelle.

Le coucou n'avait pas menti. L'air sentait le printemps. Quel plaisir de marcher sans engluer les sabots dans la boue ! Corentin, grand par la taille, se proposa pour orner le dessus de la porte de l'étable d'un rameau de buis-laurier.

« C'est pour faire plaisir aux vaches ? se renseigna Rosine.

– Elles seront sans doute contentes, répondit le père, mais c'est surtout pour protéger de la foudre et de l'orage.

– On va en mettre aussi à la crèche alors, puisqu'il y a trois moutons ?

– C'est toi qui vas planter le bouquet, dit Yves en portant la petite sur ses épaules. Tu trouveras bien un trou entre deux pierres.

– Maintenant on va aux ruches, ajouta Rosine les joues roses d'excitation.

– En somme je ne sers à rien, murmura Jean-Marie en se préparant une prise de tabac. N'oubliez pas aussi la fontaine. C'est très important. Allez vous autres, profitez du soleil ! Je vais faire une petite sieste. »

Cette déclaration surprit Corentin. Le patron devait être soucieux. Sans doute à cause de François qui n'était pas rentré. Lui qui avait toujours la bougeotte.

Pour accéder aux ruches, il fallait traverser le champ clos entouré de ronces parmi lesquelles Ma'm cueillait des mûres en septembre pour les confitures, et de quelques noisetiers où pointaient de jeunes feuilles d'un vert tendre. Le chien qui ne lâchait pas les promeneurs se figea en aboyant devant un hérisson.

« Laisse ça, lui lança Yves. Qui s'y frotte s'y pique.

– Les abeilles aussi ? s'inquiéta Rosine.

– Mais non grosse bête. Elles nous connaissent. » La petite pensa : « C'est vrai qu'elles ont de gros yeux, mais tout de même… Elles nous connaissent ? »

Elle s'écarta lorsque Corentin planta un rameau sur chacune des ruches de paille tressées autrefois par la vieille Ma'm goz, et posées chacune sur une pierre plate. Il se rendit compte qu'il avait épuisé ses branchettes de buis.

« Tant pis pour la fontaine. J'ai les mains vides : plus de rameaux. »

Ils n'eurent pas besoin de se concerter pour savoir qu'ils ne diraient rien au maître. Négliger la fontaine c'est mettre le bétail en danger car saint Hervé protège des loups. On aura bien d'autres occasions…

Pendant que Rosine assemblait de rares primevères, Corentin alla chercher les vaches dont c'était la première sortie hors de l'étable, et ordonna au chien de rabattre les deux cochons vers la soue.

Bientôt ils resteraient en liberté jusqu'à leur heure fatale.

Yves se rendit dans la grange chercher une brouettée d'ajonc pilé pour nourrir les chevaux, orgueil de Jean-Marie qui avait reçu lors du dernier concours agricole une médaille pour ces « double-bidets » costauds, dociles et peu exigeants.

Le soleil déclina de bonne heure et la fraîcheur de la salle commune nécessita une flambée. Un fagot d'ajonc fit l'affaire.

Jean-Marie qui aurait dû présenter un visage reposé après une sieste se montrait soucieux et s'énervait à réparer un outil fatigué pour éviter la conversation. Travailler un dimanche, mis à part les tâches indispensables, déplaisait, on s'en doute, à Anne. C'est pourquoi Yves et Corentin s'étaient attablés avec des cartes. Quant à la douce Marie-Jeanne, elle apprenait un point de broderie à la petite Rosine qui, appliquée, tirait la langue en même temps que l'aiguille.

Ce tableau idyllique ne masquait pas l'inquiétude générale. Qu'était-il arrivé à François ? Les concours de quilles ou de galoches avaient depuis longtemps récompensé les gagnants ! À c't'heure, pensait Jean-Marie, cela s'éternisait sans doute au cabaret et son gamin n'avait pas l'habitude de boire… Une bagarre peut-être, ou un accident ? imaginait plutôt Anne dans sa tête.

C'était entre chien et loup.

Soudain, chacun sursauta aux claquements des sabots sur le chemin empierré, suivis de violents coups de poing dans la porte. Yves, le plus preste, ouvrit la porte basse pour recevoir François dans ses bras.

Anne se précipita :

« Tu es blessé ?

– Non, Ma'm. Fermez la porte, fermez-la !

– Assieds-toi mon gars », dit le père qui l'aida à s'asseoir sur le *bank-tossel*[1] du lit clos.

Il y alla en flageolant. Chacun abandonna à la hâte son ouvrage et forma un cercle silencieux. Tout en continuant de trembler, François parla :

« C'est le loup… Il a disparu… par le chemin creux. Je vous jure, j'ai rien pu faire. Rien pu faire… » Il se mit à pleurer. Jean-Marie le prit aux épaules et le secoua, impatient : « Tu vas raconter, dis. Nous, on est là à se ronger les sangs à t'attendre !

– Attends. Tu vois bien qu'il est choqué ce petit », intervint Anne. Les bons yeux de Corentin, apitoyé, encouragèrent le jeune garçon à parler : « C'est vrai qu'on s'est attardé au cabaret pour fêter les gagnants.

Il y avait un conteur comme jamais on a entendu. Un moment, la Philomène, elle a allumé les bougies. J'ai dit : "Faut se quitter, on va s'inquiéter à la maison." Alors les gars de Saint-Rivoal ils ont dit de

1. Bank-tossel : banc-coffre qui sert de marche-pied.

monter dans leur charrette, qu'ils me déposeraient à la Croix. »

À cet endroit du récit, il s'arrêta et reprit les yeux fixes, comme s'il revivait le cauchemar.

« Dans le chemin creux, avec les branches qui se rejoignent, c'était un tunnel noir. Quand la charrette des copains s'est éloignée, j'ai entendu la hulotte, avec des frôlements d'ailes qui gagnait les futaies, et puis une chevêche qui m'est passée sous le nez. Là j'ai compris leur panique car dans le même temps j'ai entendu (si je mens que je meurs tout de suite), j'ai entendu un loup hurler. »

Rosine se serra contre le giron de Marie-Jeanne.

« Je me suis jeté sur un côté du fossé, dans les fougères. Un deuxième hurlement, plus proche celui-là. Il venait du champ clos. Je me suis traîné jusqu'à l'échalier[1], et alors j'ai vu… Même si la nuit était descendue, y'avait pas à se tromper. J'sais ce que c'est qu'un loup. Il était énorme. Plus gros que Fistoulig. Il ne bougeait pas. Mon Dieu ! Moi non plus, vous pensez ! Tout d'un coup il a foncé sur un mouton…

– Nos moutons ! cria Anne.

– … les pauvres, ils l'avaient senti venir, ils s'étaient terrés tous les trois, tête dans les ronciers, dans un coin du champ. Le loup a plaqué le mouton (celui qui dépassait le plus), et lui a enfoncé les

1. *Échalier : ouverture dans le talus pour pénétrer dans le champ.*

dents dans la gorge. Ça a été si vite, j'voyais pas les détails. Mon sang s'est glacé. Alors, croyez-moi, de la gueule il a basculé le mouton sur son dos, et il a disparu dans la lande. »

À la fin du récit hachuré par l'émotion, François se cacha le visage dans les mains pour pleurer.

« Bon sang de m… Il est revenu. Je ne vous l'avais pas dit vous autres, parce que j'étais pas sûr, mais l'autre jour quand j'élaguais les pommiers, j'ai entendu comme un cri de damné qui serait en Enfer. »

Anne fit un signe de croix et tritura son tablier.

« Un tel malheur, le jour des Rameaux, dit-elle.

– On peut au contraire remercier le ciel, Ma'm. Si le loup n'avait pas eu un mouton à se mettre sous la dent, il aurait peut-être sauté sur François ! »

Corentin, tout d'abord muet de stupeur, s'exprima :

« L'autre jour au pays, j'ai entendu une rumeur. Le sabotier racontait qu'il en avait aperçu un dans le bocage. L'hiver, ils restent en bande et dès les beaux jours on sait qu'ils sont en famille, mais il est trop tôt en saison pour les petits s'ils sont nés. Ça ne peut être qu'un mâle à la recherche de nourriture.

– C'est là qu'ils sont les plus dangereux », intervint Yves.

Pendant que les femmes s'activaient à cuire une bouillie de blé noir et que Rosine disposait les écuelles, les hommes prirent place autour de la table. C'était à Jean-Marie de prendre la parole :

« Demain Yves, tu vérifies avec Corentin toutes les barrières. Elles ont dû souffrir comme tous les hivers. Moi, j'irai à la maréchaussée déclarer notre sinistre et savoir s'il y a eu d'autres victimes. Il faut prendre des mesures, prévenir la population, et puis… organiser une battue sans tarder. »

François, comme s'il voulait se faire pardonner, éleva sa voix qui tenait encore de celle de l'enfant :

« Demain je retourne à l'endroit du massacre. Il y a forcément du sang, je suivrai sa trace. Il a peut-être enfoui le mouton près du marécage ?

– Mais oui connaud, tu vas aller tout seul là où il faut être dix bonshommes pour encercler un loup ! dit Jean-Marie. T'es brave petit, mais on ne te demande pas de jouer les héros. Dans le fond, tu nous as rendu service. Sans ta présence il aurait sûrement fait plus de ravages. »

Corentin opina du chef. « Tu crois qu'il m'a vu Pa'p ? dit François d'une voix angoissée.

– Un loup ça sent un autre loup à cinq kilomètres, ça l'entend à six kilomètres, et ça voit la nuit ! Il paraît que leur cerveau est bien plus gros que celui d'un chien. Et puis, c'est comme prétend Ma'm, cette bête-là elle est habitée par le Diable. »

François se dirigea vers sa paillasse en déclarant qu'il n'avait pas faim. Il fit valser ses sabots et s'écroula de fatigue sous la couette tout habillé.

Yves avait gardé le silence. Responsable de la fermeture des portes de la crèche et de la grange, il n'en menait pas large à l'idée de s'aventurer dans la nuit noire. De plus, son odorat lui indiquait que la bouillie d'avoine allait attacher. En effet, les femmes, n'osant pas interrompre, avaient hâte de servir le souper. Marie-Jeanne creusa un trou au centre de la bouillie pour y enfouir un bon quart de beurre. Ce fut le signal.

« Allez les gars, on reparlera de l'affaire plus tard. Asseyez-vous. »

Jean-Marie décrocha sa cuillère du *parailher*[1] et chacun l'imita.

Le chien Fistoulig, resté dehors, se mit à grogner. Yves, assis en bout de banc, fut le premier à se précipiter hors de la maison :

« Tu as entendu quelque chose toi ? » dit-il s'adressant au chien.

Le chien tournoya autour des jambes du jeune homme en guise de réponse. À son tour il tendit l'oreille. En vain. Corentin se précipita en attrapant les pincettes du foyer, arme ridicule pour se défendre contre un loup éventuel.

« Le salaud ! Il oserait rôder dans les parages ? »

---

1. Parailher : cercle en bois suspendu au-dessus de la table où chacun accroche sa cuillère, souvent sculptée.

Les yeux commençant à s'habituer à l'obscurité, Yves discerna une silhouette connue.

« Là, Corentin, dit-il, derrière le tas de bois. Je l'ai reconnu à son chapeau. C'est encore le “manieur de braises” *Bléogat*[1].

– T'es sûr qu'il se cache ? chuchota Yves. Peut-être qu'il vient nous apprendre des choses qu'il a vues.

– Hé ! Bléogat ! eut-il le courage de crier, tu veux nous voir ? »

L'homme contourna le tas de bois, fit quelques pas vers le seuil d'où sortait un faisceau de lumière tamisée.

C'était une sorte de géant, grossi encore par une houppelande en poil de chèvre. Elle pendait sur des guêtres lacées au-dessus de sabots semblables à deux barges. Un des derniers à porter des braies… Des cheveux roux – qui lui valaient son nom – s'échappaient de sous un large feutre brisé. S'il en effrayait plus d'un, là il s'annonça pacifique.

« Je sais, dit-il d'une voix aimable qui contrastait avec son allure inquiétante. Ce n'est pas une heure de visite chez des gens de moralité. »

Jean-Marie s'encadra à son tour en écartant ses deux domestiques :

« Entre Bléogat ! »

En prenant place sur le banc, l'homme glissa son gourdin sous la table. Il s'agissait d'un gros bâton

1. Bléogat : poil de lièvre.

attaché à son poignet par un lacet. À sa vue, Rosine grimpa tout habillée dans le lit clos en pleurnichant.

« Y'a rien à faire, les gamins ont tous peur des charbonniers. On leur raconte tellement de bêtises sur nous ! Et puis… c'est vrai qu'on vit comme des sauvages, et qu'on est noir partout jusqu'aux trous de nez. »

Marie-Jeanne avait déjà abandonné sa quenouille et posa d'un coup sec un pichet de cidre entre les deux hommes. Apparemment, Bléogat la mettait mal à l'aise car elle lui jeta furtivement des regards peu amènes.

Corentin s'éclipsa en disant le bonsoir, suivi de Yves. Tous deux dormaient dans l'étable, au chaud dans le foin près des bêtes. Ils préféraient cela à l'inconfort des lits clos. Et puis, c'était la condition de toute la domesticité mâle.

Après des préliminaires obligés qui leur semblèrent longs, Bléogat et Jean-Marie attaquèrent sur ce qui les tracassait.

« J'ai tout vu, commença le charbonnier. Avant ton François, j'avais entendu le loup ! Tu sais, le hurlement, celui pour se préparer à chasser et à éloigner un intrus. Un fameux morceau ! Je le reconnaîtrais entre mille : un mâle gris (quoiqu'il change de poil à chaque printemps). Pendant que ton gars se terrait, j'ai saisi la cognée. J't'en fiche, le bougre avait déjà le mouton sur le dos. Sans réfléchir, d'un bond, j'ai traversé la futaie et je me suis enfoncé dans le bois de Bodriec. La bourrique ! il me devançait et j'perdais du terrain.

– Tu as fait ce que tu as pu Bléogat. On connaît ton courage et la force de tes jambes… On aura sa peau, je l'jure.

– C'est pas tout Jean-Marie. »

Il ouvrit sa musette accolée à ses basques comme un membre supplémentaire, et déposa au centre de la table un louveteau à la fourrure claire d'environ un mois, qui tremblait comme un chiot.

« Je l'ai sauvé du marais Yeun Elez sur mon retour. Il s'en est fallu de peu qu'il s'enlise dans la tourbe boueuse… Vas donc savoir ce qui s'est passé ! La louve a dû déménager la portée pendant que le mâle enterrait le mouton. Le petiot s'est carapaté ou bien ils l'ont fait tomber.

– Ça c'est impossible, plutôt crever que de pas retrouver le louveteau ! En tout cas ils vont pas abandonner ! »

Jean-Marie dit cela en frappant la table du poing, ce qui effraya la petite boule de poils d'où sortit un miaulement perçant.

Anne lisait à Marie-Jeanne dans *La Vie des saints* celle de saint Hervé qui protège des loups. Ils en avaient tous besoin. Elles sursautèrent au cri de l'animal. L'une d'elles tambourina contre la porte du lit clos pour éveiller Rosine.

« Attention les femmes ! N'y touchez pas, il a des dents on dirait des aiguilles.

– Qu'il est mignon ! s'exclama la fillette oubliant la présence du charbonnier. Vous n'allez pas lui faire de mal, n'est-ce pas ? »

Silence. Les deux hommes échangèrent un regard. Malgré l'avertissement, la main de la petite s'égara dans la fourrure et lui fit des mines. Il la regarda de ses yeux jaunes fendus et bâilla en découvrant une petite langue rose qui amusa tout le monde.

« Ne plaisantez pas. C'est tout de même un être de l'Enfer, lança Anne sans aménité. Monsieur le recteur nous en a assez parlé. Allez le remettre où vous l'avez trouvé, dit-elle sévèrement à Bléogat. Et vous les filles, allez ! sous la couette ! »

Débarrassé des femmes, Jean-Marie remplaça le pichet vide et emplit deux petits gobelets d'eau-de-vie de cidre.

« Je pense à quelque chose, Jean-Marie, dit Bléogat. Tu connais le meneur de loups de l'autre côté du marais ? Il élève une meute et (baissant la voix) il “parle avec les loups”... Demain, je lui apporte.

– Tu vas te faire bouffer tout cru. Moi, comme je vais aux gendarmes demain, je pensais à demander mon indemnité pour le mouton et pourquoi pas une prime avec ce louveteau ? suggéra Jean-Marie.

– Un petiot vivant ! tu rigoles ! Faudrait lui tordre le cou avant.

– Jamais je ne pourrai faire ça.

– Moi non plus. Déjà quand je piège un lapin ou une fouine et qu'il faut l'achever pour le casse-croûte, j'en suis malade… Laisse-moi faire, l'ami. Demain j'irai voir le meneur de loups. (Il fit un temps de réflexion.) Écoute bien : dans une meute il n'y a qu'un couple qui procrée, et les autres ils adoptent les petits. Ils leur donnent la viande qu'ils ont régurgitée. Ils le prendront. C'est Rosine qui serait contente ! À moins qu'elle ait la langue longue, comme toutes les femmes… »

Il remit le louveteau dans sa gibecière après lui avoir donné un peu d'eau, souleva son feutre, ramassa son gourdin, et se ravisa :

« Autre chose, Jean-Marie, puisque je suis là. J'ai terminé mes coupes de bois, préparé les clisses, défriché un bel emplacement. Maintenant, la première meule de charbon de bois j'la commence cet été. Quand le vent est tombé et qu'on peut travailler toute la nuit à la fraîche. Comme l'an passé…

– Tu veux du boulot chez moi en attendant. J'ai compris. Il faut encore faire du défrichement pour semer le blé noir, penser aux pommes de terre…

– Et en juin, faucher les prairies, poursuivit l'autre comme pour un inventaire.

– T'oublies l'air à battre, c'est pas rien ! T'es courageux, fort comme un bœuf. Y'a un truc qui m'embête. Tu fais peur aux femmes. Quant aux gamins, on leur dit qu'on t'appelle s'ils ne mangent pas la soupe !

– Quand on me confond avec le charbon ! (Il se marra.) Je soignerai la toilette, t'en fais pas, les dames me feront la révérence. Je continuerai à habiter ma hutte. Pour la battue, on organisera ça après Pâques. Les cloches ne seront pas de trop pour nous encourager ! »

Avant de sortir, les deux hommes se tapèrent dans la main pour conclure l'accord. Kenavo ! Et Bléogat fut absorbé par la nuit.

II

Le charbonnier au regard de feu

LA JOLIE MARIE-JEANNE fut debout la première. Dans l'âtre, deux ou trois pavés de tourbe fumaient encore, recouverts de cendre pour la nuit. Elle y jeta un fagot et tout repartit. Elle prépara la *goédenn*[1] des cochons dans une marmite posée sur le trépied, et ensuite celle de la famille.

On allait encore entendre rouspéter contre l'absence de lard ! Pour le principe, histoire de faire un peu enrager Anne qui ne voulait pas d'entrave à son paradis. Le carême, c'était dur. Même pas un œuf. Ces œufs s'accumulaient dans le poulailler. On allait les durcir et les teinter avec des fleurs d'ajonc, de genêt ou des pelures d'oignon. Marie-Jeanne aurait la visite des galants éventuels – ceux avec qui elle avait dansé le Mardi gras – à qui elle donnerait des œufs, sous le regard ombrageux de Corentin et les sourires amusés de Yves et François.

1. *Goédenn : soupe des cochons.*

Ils s'entendaient bien ces deux-là, quoique si différents. Yves, heureux dans ce foyer, aurait égayé des pierres. Chahuteur, bon perdant au jeu, il était le partenaire espéré des jeunes des villages de Brasparts et Saint-Rivoal. Il n'avait jamais été plus loin. François, solitaire, le front têtu, semblait faire exprès d'être désagréable. Pourtant il n'aurait jamais manqué de respect à sa mère et contentait son père en faisant plus d'ouvrage qu'on ne lui demandait.

Corentin, qui avait terminé de s'occuper des bêtes, fit son apparition, de la paille encore sur la tête. C'était un bel homme de trente ans. Son engagement, il l'avait signé à la Saint-Michel, un 29 septembre. (Il s'en souvenait avec tous les détails.) Il y avait de cela une dizaine d'années. Marie-Jeanne alors était une gamine comme la petite Rosine. Jamais, ô grand jamais, il n'aurait imaginé à l'époque qu'un jour son cœur battrait pour elle. Il souffrait de la voir grandir en le considérant comme un second père ou un grand frère. Elle jouait à lui faire des farces en tirant les guides de son chapeau par derrière, ou lui cachait sa houe lorsqu'il travaillait. Il riait, cachant son trouble.

Anne annonça qu'il fallait aller au lavoir parce que demain Vendredi saint, dit-elle, personne ne travaillerait. Pas même pour étendre le linge.

Ces jours derniers, Yves avait curé la rigole partant de la fontaine, ainsi que le lavoir. Ce serait la première fois depuis la saison qu'on ferait la buée dehors.

« Corentin ! Viens aider à porter le baillot », commanda Anne énergique lorsqu'elle menait une opération.

Rosine était ravie. Elle se contenterait de porter les corbeilles, passer le savon ou la brosse, et surtout elle entendrait les bavardages qui allaient bon train autour du douet. En effet ce lavoir était commun. Oh ! elles n'étaient pas nombreuses les commères : cinq ou six avec leurs enfants, le hameau ne comportant que trois fermes. Celle de Jean-Marie était la plus importante.

En schiste gris, avec son toit de chaume, la maison – basse malgré son grenier – se fondait dans le paysage. Deux petites fenêtres qui trouaient la façade faisaient penser à deux yeux. Elles filtraient avec parcimonie la clarté dans la pièce commune. Celle-ci communiquait avec une chambrette où des sacs de grain partageaient l'espace avec un second lit clos, celui de Marie-Jeanne et Rosine.

La crèche était attenante, tandis que l'étable et la grange fermaient l'aire à battre.

Jean-Marie y était né et arrivait à oublier qu'il n'en était pas propriétaire. Il payait si régulièrement son bail annuel qu'on le donnait chaque année en exemple.

À la gendarmerie on ne fut pas étonné de sa déposition. Tout le monde était au courant ! Et tôt dans la matinée avant son arrivée à Brasparts, le crieur (qui était aussi sacristain) avait annoncé à grands renforts de tambour la venue de Messire loup.

Un gendarme, qui aimait faire le rigolo, mima la scène :

« Broum-broum… que chacun signale la moindre marque du passage de la bête. Broum-broum… Les primes ont été augmentées. Le lieutenant de louveterie peut mettre à la disposition des chasseurs de la poudre noire. Broum-broum… En cas de récidive une battue sera organisée avec des volontaires !

« Et tralalaire, tralalaire, ajouta le guignol.

« Une indemnité pour ton mouton, Jean-Marie ? Tu plaisantes ? Laisse faire le temps. D'abord on va fêter Pâques. Ton loup, il est peut-être à Brest à l'heure présente. Il y a bien des loups de mer, dit-il dans un gros rire avec une bourrade dans le dos de Jean-Marie. Faut pas perdre le moral, j'ai fini le service, j't'emmène chez la Philomène. »

Dans la salle enfumée on ne parlait que de cela, mais lorsqu'ils aperçurent Jean-Marie, les buveurs suspendirent leur verre et leur conversation.

Le gendarme leur lança avec culot :

« Quand on parle du loup on en voit la queue ! »

Quelques-uns crurent bon de s'esclaffer, ce qui ne fut pas du tout du goût de Jean-Marie. Il but d'un trait son gobelet de cidre, ce qui l'empêcha de riposter, et sortit en claquant la porte du cabaret.

Il enfourcha son cheval (car il n'attelait pas lorsqu'il était seul). Il était loin le temps où il prenait la belle Anne en croupe, blottie contre lui. Il rageait : « Les imbéciles, ils ont tort de ne pas prendre la chose au sérieux. »

Sachant les femmes au lavoir et ses hommes au travail, il pouvait s'offrir un peu de liberté. Il partit au galop vers le marais du Yeun pour donner corps à sa colère. Ils traversèrent le bocage avant d'atteindre les landes. Inconsciemment, il espérait retrouver la trace du louveteau sauvé par Bléogat. Le cheval, prudent, se mit au pas lorsqu'il sentit sous ses sabots le sol spongieux. « Autant chercher une aiguille dans une botte de foin ! » pensa Jean-Marie.

Comme s'il le découvrait pour la première fois, il s'immobilisa devant l'immensité du paysage. Une brume flottait au-dessus de la tourbière. Descendait-elle du ciel ou s'échappait-elle en fumée du sol ? Combien de légendes, des plus effrayantes, persistaient sur « la porte de l'Enfer ? » Les rares voyageurs ne s'aventuraient guère dans cette région. Peu habitué à s'extasier, il se sentit gonflé d'orgueil d'appartenir à cette lande tapissée de bruyère violette et hérissée d'ajoncs et de genêts couleur de l'or. Il discernait le petit abri de pierre pour les pèlerins. La présence de la chapelle Saint-Michel hissée au sommet du mont le plus haut du pays finit de calmer sa tempête intérieure, et il reprit le chemin de la maison avec confiance.

Autour de la table, les femmes reposant leur fatigue buvaient du lait caillé. La lessive, elles l'avaient « écartée » au grenier.

Yves et François taquinaient un blaireau encagé qu'ils avaient attrapé en coupant les ronces des talus. Rosine lui égrenait en riant quelques miettes de sa tartine de pain noir beurrée. « Laisse faire le temps », avait dit le gendarme. Qu'avait-il à se soucier ? Sa maisonnée respirait le bonheur. Il se baptisa lui-même « vieille carne », et annonça à la cantonade que tout marchait bien.

Le Vendredi saint fut respecté avec son jeûne et son quasi-repos. Marie-Jeanne servit à son monde une bouillie d'avoine et un verre d'eau-de-vie aux hommes. Dans l'après-midi elle tomba d'inanition, ce que Corentin mit à profit pour soulever la jeune femme et l'étendre avec émotion sur la paillasse tirée du lit clos. Anne démêlait des ficelles de chanvre en marmonnant ses prières. Seul Jean-Marie sortit pour planter ses panais.

Les cocoricos de la basse-cour précédèrent l'envolée des cloches de Pâques. Le vent se voulut complaisant et fit entendre jusqu'au hameau celles de Commana.

Corentin, absous par la famille de manquer la messe pour garder la maison, pluma deux volailles.

Pour ce beau jour on tressa la queue du cheval dans la cour, pendant que Rosine, copiant les gestes des femmes pour ajuster sa coiffe, en relevait les deux larges pans, ce qui lui donna une silhouette aérienne. Anne durant l'office eut la fierté d'entendre François chanter seul un alléluia. À la sortie, les palabres et les cancans allaient bon train. On n'attendait même pas d'être sorti du porche pour parler du loup, en faisant un signe de croix, sous le regard fixe des douze apôtres de pierre !

Difficile de se frayer un chemin pour sortir de l'enclos. Des dames charitables distribuaient des œufs colorés aux enfants miséreux. Jean-Marie, Yves et François, d'accord pour ne pas jouer les héros, échappèrent à ceux qui voulaient des détails sur « l'histoire du loup », et se dirigèrent sur la place suivis des dames qui trottinaient pour les rattraper.

Le repas fut excellent. On avait presque oublié le fumet des volailles rôties. Jean-Marie put enfin remplir sa panse et dut dérouler sa ceinture. Pendant que les dames troquaient leur tablier brodé contre celui de la cuisine, il les interpella :

« À midi les dames, on ne tolérerait pas de vous voir debout ou recroquevillées sur une escabelle ! »

On se bouscula un peu pour prendre place sur les bancs. On applaudit Anne qui sortit de sous un torchon une tourte de pain énorme qu'elle avait cuite la veille au four commun. Après les grâces on rit de plaisir, le chouchen déliant les langues. Yves qui n'avait pas l'habitude de boire racontait des mésaventures oubliées par certains et qui les faisaient rire aux larmes. Corentin si taiseux à l'ordinaire se leva pour mimer l'attelage du dernier automne :

« Quand le patron a dit : "On va faire comme les autres, on va atteler ensemble à la charrue la vache et le cheval, le travail ira deux fois plus vite !" (Il se tapa sur les cuisses en revoyant la scène.) La cloche a sonné pour le midi que les bêtes refusaient toujours de s'accorder. Le cheval – Dieu sait s'il est brave, et qui pourtant avait l'habitude – nous filait des ruades, la vache s'ébrouait sous le licou comme si on allait la pendre…

– Tu disais, intervint François, arrête de faire l'âne, et Pa'p t'a répondu : "Ah non, on a assez d'animaux comme ça !" »

On frappa à la porte. « C'est quelqu'un de connu puisque Fistoulig n'a pas aboyé », remarqua Rosine. Jean-Marie se dirigea vers la porte, oubliant sa ceinture de flanelle qui serpenta sur la terre battue. Les femmes, comme prises en faute, se levèrent et remirent de l'ordre dans les plis de leur jupe.

Un beau garçon d'une vingtaine d'années apparut sur le seuil, avec des reflets dorés dans sa chevelure sous l'effet du premier soleil.

« Le bonjour mon gars, pardon si je ne te remets pas, lui dit Jean-Marie.

– Mes respects, Monsieur. Je suis de Tromarc'h. Mon nom de baptême c'est Loizic[1], le dernier de la famille… »

Il paraissait tant embarrassé que notre Jean-Marie vint à son secours. « Entre, et dis-nous ce qui t'amène. Le loup n'est pas là pour te manger !

– J'ai dansé avec la Marie-Jeanne de votre maisonnée au dernier Mardi gras à Brasparts. Avec tout le respect réservé à la demoiselle, je viens la saluer puisque Pâques m'y autorise. »

Les yeux enfin habitués à la demi-pénombre, il aperçut Marie-Jeanne qui déjà avait choisi des œufs colorés. Son teint s'empourpra en présentant les œufs dans une petite vannerie de sa confection.

« Tu l'attendais mâtine, dit en riant Jean-Marie. Un coup de cidre et on va tous prendre le soleil à la promenade ! »

Rosine battit des mains. Anne, docile, se résigna à abandonner sa vaisselle. Quant à Corentin, il blêmit de rage. Ainsi, Marie-Jeanne avait accepté de danser avec ce blanc-bec. Il se rappelait lui avoir acheté des rubans et des beignets… Elle avait même accepté son bras pour la gavotte de la montagne. Comme un oiseau, elle avait dû s'envoler et le planter là.

---

1. Loizic : petit Louis.

Rosine interrompit brutalement ses pensées en s'accrochant à ses basques :

« Tu viens avec nous Coco. Change tes sabots. Ceux-là sont tout crottés !

– Je t'ai dit de ne plus m'appeler Coco. Tu n'es plus un bébé maintenant. » Il sentit tous les regards sur lui, alla chercher les sabots décorés pour faire plaisir à la petite, et sortit.

Ils partirent en groupe, mais bientôt l'étroitesse du chemin creux obligea de se séparer. La promenade était toujours la même, mais enchantait tous les habitants des environs : on allait au Grand Pont. Corentin rusa pour s'intercaler entre Marie-Jeanne et ce Loizic qu'il aurait voulu au diable. Pour cela il heurta des racines, écarta des orties avec la main, mais la brûlure, c'était au cœur qu'elle sévissait.

On longea la rivière où, malgré la fraîcheur, des gamins échappant au regard maternel s'éclaboussaient de coups de pied dans l'eau. Une vieille femme cherchait dans l'herbe à piéger des grenouilles qu'elle enfouissait dans un sac. En flânant, on se bonjourait, étonnés de ce printemps si précoce. Des chatons pendaient des noisetiers, et les saules s'épleuraient au ras de l'eau. Un martin-pêcheur, par saccades, happait des mouches. François, qui marchait derrière Rosine, la prit à la taille et fit semblant de la lancer dans l'eau. Elle hurla mais le supplia de recommencer.

« Balance-moi encore, François ! Juste un petit coup. »

Yves immobilisa d'un geste la petite troupe :

« Regardez, là, dans les roseaux, les fauvettes qui ont fait un nid ! »

Corentin s'en fichait pas mal des fauvettes. Il venait de surprendre le beau Loizic et Marie-Jeanne se tenir par le petit doigt. Il prétexta qu'il devait être tard et que les vaches réclamaient sûrement la traite.

« C'est qu'on a du chemin pour le retour ! »

Il disait vrai, mais chacun regrettait que l'on écourtât la promenade. Les amoureux se séparèrent pendant que Jean-Marie et Anne feignaient de ne s'être aperçus de rien.

Les jours qui suivirent furent des jours de travail intense. Bléogat, ce charbonnier-ouvrier agricole, tint parole et vint se faire embaucher pour le défrichement. On avait tant dénudé la lande de l'ajonc, qu'il fallait y semer maintenant du sarrasin.

La petite Rosine s'habitua vite à la présence du gaillard inquiétant. Elle l'aborda dans la cuisine où il rafraîchissait son gosier, pour lui demander :

« Dis, tu peux me dire à moi si le louveteau va bien ?

– Je ne suis pas retourné chez le meneur de loups. Alors je ne sais pas. C'est loin tu sais ! De l'autre côté du Marais. »

Voyant la déception sur le petit visage il ajouta :

« Il est sûrement bien traité. Mais, pas un mot petite. C'est un secret entre nous deux. Si le lieutenant de louveterie apprenait la chose on finirait en pâté tous les deux. »

Ils se mirent à pouffer. À partir de ce jour, ils devinrent de grands amis.

* *
*

Au lendemain de Pâques, la ferme d'en bas – celle de Jean-Marie – et les deux autres « d'en haut » s'activèrent comme des ruches bourdonnantes. Ce n'étaient qu'allées et venues de chevaux, de charrois dans les cours, les sentiers, les fossés. Jusqu'aux volailles qui s'échappaient affolées des tas de fumier aux bruits des sabots des maîtres et des valets.

« À partir de demain les gars, on se lève une heure plus tôt. »

Les femmes auraient pu ne pas se sentir concernées, mais elles savaient l'effort partagé.

Lorsque Marie-Jeanne poussa la porte de l'étable pour traire les vaches, Corentin et Yves, enfouis dans le foin, dormaient encore. Malgré ses dix-sept ans il avait l'air d'un enfant qu'elle aurait voulu bercer tant il était attendrissant. Elle chiffonna sa tignasse brune. Il sursauta en lançant ses deux jambes qui émergèrent de la paille comme deux coqs en colère. Il éclata de rire en se frottant les yeux. Alerte, il coursa la jeune fille qu'il accula contre la mangeoire :

« Tu vas voir ton bonnet. Hop ! sur la corne de Blanchette. Et ce beau fichu. Hop ! sur le dos de Rouanes ! »

Elle récupéra ses hardes et joua de son tabouret qu'elle tint comme un bouclier.

Corentin éveillé par le chahut secoua les restes de son sommeil, et comprenant qu'il s'agissait d'un jeu, s'abstint d'intervenir, enfila ses sabots et sortit sans dire un mot.

« Il a l'air fâché... » dit Yves à voix basse.

La jeune fille déjà absorbée par la traite cacha sa confusion à l'abri du ventre de l'animal. Elle dit simplement :

« Il est jaloux de Loizic. Je ne suis la promise de personne ! »

À la soupe, Jean-Marie répartit l'ouvrage à chacun. Bléogat besognerait la terre avec lui tandis que les garçons s'occuperaient de l'attelage, car François déjà habile avait encore à apprendre.

Marie-Jeanne, seule au grenier à plier la récente lessive, laissa son esprit vagabonder. « Corentin a du chagrin. Pour sûr il est bel homme et j'aurais bon époux... On verra plus tard. Les patrons voient déjà nos accordailles ! Je peux bien recevoir de la galanterie et me faire offrir des rubans », dit-elle à haute voix en secouant des torchons. La corbeille remplie, elle esquissa sur le parquet craquant et poussiéreux quelques virevoltes qui firent onduler les godets de la jupe et gonfler le jupon. Elle se savait la taille bien prise. Ce serait grand dommage de gâcher si jeune sa silhouette. Malgré son amour des enfants elle pouvait attendre de ressembler à ces matrones qu'elle voyait à la foire !

La voix d'Anne interrompit son rêve :

« Marie-Jeanne ! Tu n'en finis pas avec ton linge. Descends ! Je n'ai pas quatre mains ! »

Elle prit la corbeille et la remisa dans un coin.

« Le lait est refroidi, c'est toi qui vas baratter, petite. On n'a plus une miette de beurre pour le dîner. Pendant que j'épluche les pommes de terre, je vais voir où en est Rosine avec la lecture. »

Rosine démêlait la chevelure d'une poupée qu'elle avait confectionnée avec un épi de maïs. Elle aimait apprendre dans les livres. Monsieur le recteur avait été bien bon de commencer son apprentissage. « Si tu es douée comme ton frère François, ce sera un plaisir », avait-il dit à Anne. Aussitôt elle abandonna son jeu et prit place aux côtés de sa mère avec le livre de contes prêté par Monsieur le recteur.

On frappa à la vitre, quatre petits coups secs.

« C'est sûrement l'oiseau ! » s'exclama la petite.

Dès que la clochette tinta, Anne alla ouvrir la porte. Elle avait reconnu la chiffonnière qui se manifestait au printemps en même temps que le coucou.

« Le bonjour à toi M'dame Anne. Ta maison reçoit toujours les bénédictions du ciel, j'espère ? Et la jeunesse, ça pousse ? »

Rosine qui raffolait du spectacle fut dehors en même temps que sa mère. La chiffonnière ! Quelle chance !

Marie-Jeanne, la baratte coincée entre les genoux, se privait de la visite.

« Ma brave Thumette on est en plein ouvrage, mais je vais bien te trouver des loques. Ici tu sais, on ne gaspille pas. On ravaude jusqu'à l'usure. Et puis, le *berlinge*[1] ça tient longtemps. Attends là. »

Bien heureusement, Fistoulig était parti aux champs avec le maître. Il en aurait fait une pantomime de voir les deux chiens attelés à la charrette, avec la vaisselle en faïence qui s'agite autour !

« Voilà quelques chiffons, une vieille peau de chèvre qui sent trop la bique, et une chemise de François qu'on aurait bien voulu voir grandir comme lui, mais toujours en état, ajouta Anne.

– Merci, tu es vaillante. Alors tu connais la façon : tu choisis un pot ou deux bols. Plutôt une jatte parce que c'est toi ?

– Ma'm, ma'm, c'est beau la jatte ! Pour la crème c'est pratique… »

1. Berlinge : laine tissée avec du fil de lin ou de chanvre.

La vieille Thumette s'esclaffa d'un rire édenté :

« La gamine, c'est déjà une petite femme, ça a déjà son idée. » Elle partit avec son attelage lilliputien. « Kenavo ! lança-t-elle.

– Prends exemple sur elle, Rosine. Jamais une plainte, malgré une vie pleine de chiendent, et toujours la bonne humeur. »

Dans la pénombre quasi permanente de la salle commune aux murs noircis par plusieurs générations, Marie-Jeanne assise sur le banc du lit clos, entre le vaisselier et la cheminée, laissait deviner sa fatigue. Les mains posées sur les genoux, le regard vague, elle semblait si frêle. Rosine qui lui était très attachée courut l'embrasser. Celle-ci lui donnait plus de caresses que n'en dispensait sa mère. La pauvre aimait sa famille de toute sa force, mais ne savait pas s'épancher. L'ouvrage l'accaparait et, peut-être à ses yeux, s'attendrir était une sorte de faiblesse.

Une bonne odeur de beurre frais flottant dans la cuisine excitait les papilles. Rosine quémanda poliment une petite tartine beurrée.

Les hommes revinrent satisfaits de leurs travaux. Avant de passer à table ils firent quelques ablutions à l'auge de pierre accotée au mur de la maison. Yves, qui n'en manquait pas une, aspergea François sur la tête et dans le cou.

« Arrête, imbécile, ce n'est pas drôle ! Elle est glacée… »

Fistoulig, prenant cela pour une dispute, intervint en aboyant comme un enragé.

« Allez les enfants, cria Anne de l'intérieur, les crêpes vont roussir. Dommage, c'est du bon beurre frais. »

Jean-Marie, l'estomac à sa convenance, parla de tondre les moutons, lesquels, hélas, n'étaient plus que deux. Il s'adressa à sa femme ainsi qu'à Marie-Jeanne, debout toutes deux à les servir.

« Vous avez votre mot à dire. On est en mai, c'est l'époque ! Qu'en penses-tu, Ma'm ? Et toi Marie-Jeanne ? Vous aurez le temps de dégraisser ? » demanda Jean-Marie.

Anne répondit pour elles deux :

« Tu as raison, il faut se débarrasser de ce travail. Le ciel est au mieux pour aller au lavoir. »

Jean-Marie ferma son couteau, signe qu'il fallait se mettre à l'ouvrage, et que la conversation était close.

On installa dehors de larges planches posées sur des rondins. C'était « la table de sacrifice ». Corentin qui connaissait la manœuvre par cœur aiguisa les ciseaux à tondre, alla chercher les cordelettes et força la voix :

« Eh ! les garçons… Amenez les artistes ! Ils sont sur la lande. »

Yves et François échangèrent un regard de connivence :

« On fait la course ? » proposa Yves en riant.

François ne répondit même pas car il avait déjà sauté une barrière avec souplesse et devançait son compagnon qui le rejoignit en soufflant un peu.

« Canaille, tu vas me crever ! »

Ils traversèrent le bocage où l'herbe était déjà drue. La jument tourna la tête et se remit à brouter, tandis que le poulain caracola avec eux. Au bout du pré ils aperçurent les deux moutons qui préféraient l'herbe tendre à la végétation sèche et piquante de la lande. Ce fut un rodéo qui aurait ravi Rosine. Après leur course folle, les bêtes se laissèrent mettre à la laisse et docilement suivirent les jeunes gens.

Marie-Jeanne abandonna la mère à son évier pour assister au spectacle. Pourtant son cœur tendre s'émouvait de voir l'angoisse du mouton couché sur la table, puis sa résignation après sa lutte. Corentin, le plus costaud de tous, avait lié les pattes de la bête. Oh ! ce regard…

Tondre au ciseau, Jean-Marie en avait tant l'habitude que l'opération s'effectua en un temps record. La laine sale, grasse, lourde s'entassait sur le sol de l'aire à battre. Jean-Marie d'un coup de sabot l'envoyait de temps en temps sous la table.

Les deux bêtes, méconnaissables ainsi dénudées, libérées de leurs liens, restèrent immobiles un moment puis s'élancèrent vers la bergerie ouverte.

Pendant que Marie-Jeanne fourrait la laine dans des sacs, les hommes rangèrent le matériel.

« Pas folles les bêtes ! La couenne à nu elles ne pensent qu'à se cacher dans la paille. Aucune envie de retourner à la pâture. Allez les gars, on a bien mérité un coup de cidre bien frais », dit Jean-Marie patelin.

Ne lui échappait pas l'air triste de Corentin qu'aucune plaisanterie ne pouvait dérider. Il désirait tant l'harmonie dans sa maison ! Marie-Jeanne était une jeune fille irréprochable, mais à dix-huit ans, pensez donc. On pouvait attacher la chèvre au piquet mais difficile d'empêcher le bouc de tourner autour… Il fallait lâcher un peu la bride à la jeunesse.

Le lendemain, les femmes empruntèrent la garenne pour se rendre au lavoir avec la brouette sur laquelle un seau d'eau chaude éclaboussait à chaque inégalité du terrain. Il voisinait avec un sac de jute bourré à la gueule de toison nauséabonde. Pour une fois elles n'économisèrent pas le savon ni « l'huile de coude » dans l'opération du dégraissage ! Combien de rinçages il fallut pour débarrasser la laine de cette odeur de suint écœurante qu'on retrouverait sur la quenouille et jusqu'à l'usure du paletot.

Le hasard mit Bléogat sur leur chemin. Il avait défriché et sarclé toute la journée pour le patron et regagnait sa hutte. C'est vrai qu'il n'était pas venu à l'heure du repas. Du pain, du lard et une bouteille, cela suffisait à rendre le bonhomme heureux.

« Un coup de main, les dames ? Bien aise de vous pousser la brouette. Vous devez être éreintées mes pauvrettes. »

Les deux femmes sursautèrent. L'homme au lourd manteau de chèvre, les yeux flamboyants sous le grand chapeau avait la réputation d'un loup-garou, mais elles savaient combien le charbonnier était brave. Souffrait-il de sa légende ? Cette rencontre au bord du lavoir n'avait peut-être rien de bon. Était-ce un mauvais présage ? Il suffisait de savoir que certaines nuits « les laveuses » y trempaient le linge qu'on disait être un linceul et plus d'un égaré affirmait avoir entendu résonner les coups de battoir.

Au seuil de la grange où elles allaient « écarter » la laine à sécher sur des tréteaux, il les planta là.

« À demain aux ordres du patron, lança-t-il.

– Impossible, c'est dimanche Bléogat, dit Anne avec étonnement. Le dimanche Quasimodo, pensez donc.

– Je connais pas. Qui c'est y encore celui-là ? Je crois en Dieu mais vous ne me verrez pas à l'église. “Vous sentez le Diable”, m'a dit un jour le recteur. Alors à la revoyure !... »

Le dimanche commença joyeusement. Anne avait confectionné du pain doux. Chacun s'était lavé de fond en comble pour revêtir les beaux habits.

III

La fête des pots cassés

JEAN-MARIE, PRÊT À ATTELER le char à bancs, déclara qu'on irait à la messe à Commana. Qu'il voulait y rencontrer de sa parenté dont il était sans nouvelles. « À Commana ! s'exclama Anne. On va arriver en retard !

– Pa'p, tu oublies que je dois chanter à Brasparts, dit François.

– C'est fini ces rouspétances ! Je ne vous demande pas souvent quelque chose. Je ne fais point de caprice. Dans un rêve j'ai vu mon brave Louis égorgé par un loup. C'était horrible, je veux me rassurer. Comprenez ? »

Il s'adoucit et s'adressant à François :

« Rends-toi à la ferme d'en haut. Louise ne manque jamais la messe. Je crois qu'elle a pas mal de choses à se faire pardonner, insinua-t-il, si l'on en croit les commérages. "Ils" te mèneront à Brasparts avec Yves, c'est sûr. Allez, montez les enfants, et que ça saute. »

Le coup de fouet qui cingla le fessier du cheval mit fin aux éventuelles récriminations.

Ils longèrent le marais sur lequel flottait encore de la brume. Faute de pluie récente, le sol de la tourbière craquelé faisait penser à l'envers d'un puzzle mal ajusté. Rosine se rappela cette légende – mais n'était-ce pas une histoire vraie ? – de ce voyage interminable du curé affublé du Diable (sous l'apparence d'un chien), lequel disparu dans les crevasses de l'Enfer…

Vision plus plaisante, elle reconnut le moulin où l'on portait à moudre. Anne, apeurée par la vitesse du char et la nervosité persistante de Jean-Marie, exerça des pressions sur le bras de Marie-Jeanne qui elle-même n'en menait pas large.

C'était prévisible, ils arrivèrent en vue de Commana très en retard, ce qui contraria les femmes. D'autant plus que Jean-Marie refusa d'entrer dans l'église, prétextant qu'il devait rester sur le parvis pour guetter son cousin. D'ordinaire soumise, Anne trouva « qu'il y allait fort » et maugréa à son adresse quelques mots où il perçut celui de « mécréant ».

Où allait-elle chercher cela ! Il éclata :

« Je vous rappelle que le 8 mai il y a les Rogations où ma présence est indispensable. Je ne peux pas toujours être en prière, j'ai du travail moi ! »

Gardant le silence, elles traversèrent l'enclos à pas pressés.

Rosine, ébahie par les dimensions du portique magistral donnant accès à l'enclos, était à la traîne et jetait un regard inquiet vers l'ossuaire dont elle pressentait un usage macabre.

Confuses, elles se glissèrent vers le fond de l'église, en plein milieu du prône. Entre deux piliers, Anne aperçut le célèbre retable voué à sainte Anne, sa bonne patronne. Elle oublia ses contrariétés.

Jean-Marie poussa la porte de l'auberge qui faisait face au sanctuaire. Il ne pourrait pas manquer Louis. Il n'eut pas à attendre car celui-ci présent au troquet le tira par la manche et le mena au comptoir où cinq ou six hommes le plongèrent dans une conversation houleuse.

« Tu tombes bien cousin, tu vas en apprendre de belles ! “Servez-lui une lambig”, dit Louis à la patronne. Tu vas en avoir besoin. »

Les bonshommes opinèrent du chef. Un vieux, sec et nerveux, voulut raconter :

« Le loup a fait des siennes. Il a attaqué les vaches au Louis hier. En plein jour il a… »

Un jeune freluquet lui coupa la parole :

« Il a bousillé les deux pattes arrière d'une grise qu'était pleine, en plus. C'est le chien de Yannick qui a donné l'alerte. »

Jean-Marie sortit son mouchoir en soulevant son chapeau et s'épongea le front :

« C'est pour ça que je suis là. Je viens de rêver qu'"il" avait fait du grabuge. Mais... (il hésita) la victime c'était Louis...

– Alors, t'es rassuré », reprit le vieux. Et tous de rigoler et de faire signe à la patronne de remettre ça.

« Est-ce que quelqu'un a *Vu* ? demanda Jean-Marie qui voulait des précisions.

– Je plantais mes patates à deux pas de là, dit Yannick. La terre était sèche et je m'disais : "T'aurais pu t'y prendre avant."

– Raconte, raconte... Au fait ! On s'en fout », s'écrièrent en chœur les copains.

Yannick continua :

« Mon chien se met à aboyer comme un enragé. Je ramasse ma houe. J'me dis : ça peut servir, et par-dessus la haie, qu'est-ce que je vois ?

– Oui, alors dis-le, qu'est-ce que tu vois ? s'impatienta Louis.

– Un loup énorme, gris comme une jeune taupe. Non... plus clair qu'un ragondin. »

Louis, l'intéressé, à bout de patience, lui coupa la parole et résuma l'histoire :

« Il avait acculé les vaches contre la haie. D'instinct elles se sont mises en cercle pour décocher des coups de pattes, mais le loup – excité par le chien qu'il aurait pu mettre en pièces – s'est attaqué à ma vache moins rapide puisqu'elle allait bientôt vêler. »

Sa voix se brisa par l'émotion. Il se fit un grand silence lorsqu'il ajouta :

« J'ai dû la faire abattre. »

Les cloches signalant la fin de la messe firent diversion. Par la fenêtre de l'estaminet Jean-Marie aperçut la foule dans l'enclos. Les coiffes blanches des femmes s'agitaient comme des papillons. Quelques enfants, enfin libérés de l'obligation d'être sages, couraient à travers les tombes, vite réprimandés par un parent.

Les gars restaient muets, attendant l'avis de Jean-Marie dont la réputation « d'homme de décision et de bon sens » n'était plus à faire. Il prit donc la parole ne voulant pas les décevoir :

« Écoutez les gars, il est impossible de savoir si nous avons affaire à une bande de loups organisée ou à un seul individu isolé. Pas question pour le moment de faire garder les bêtes par les enfants. Brasparts, Commana, le bougre il cavale. Vous savez que le territoire d'une meute ça peut couvrir cent cinquante kilomètres, même deux cents ! S'il est seul, il se fout de nous. Ou alors, il est enragé... »

Chacun hocha la tête en signe d'assentiment. D'autres buveurs après l'office s'étaient greffés sur le groupe. Marie-Louise ne savait plus où donner du pichet.

« On peut dire qu'il nous em... au mauvais moment, reprit Jean-Marie. Avec tout le travail des semailles ! On va être obligés de poser des pièges. »

Monsieur le maire, qui chaque dimanche venait trinquer pour se mêler à ses administrés, entra et entendit la dernière phrase.

« Tu n'es pas de notre paroisse Jean-Marie, mais avec Louis vous êtes les enfants du pays. Tu as raison. On va appâter l'animal. Le lieutenant de louveterie, je le verrai demain. Il ne faut pas d'initiative personnelle. »

Le freluquet auquel personne ne faisait attention prit la parole :

« On a trop défriché ! Moins de forêts, forcément moins de gibier. Dans les bois on pouvait organiser des battues. On rabattait, on encerclait.

– T'es marrant, on a besoin de bois ! Comment on se chaufferait ? Et les sabots, on les ferait avec quoi ?

– On a besoin de terre cultivable pour pas crever ! » dit un autre.

Le maire posa amicalement sa main sur l'épaule de Louis, dit à la patronne d'arroser tout le monde, et promit d'apposer des avis dans tous les villages environnants.

« Gardez vos chiens et n'alarmez pas vos femmes. Laissons-les en dehors de cela. » Au mot « femme », Jean-Marie se souvint de la sienne qui devait fulminer devant la charrette.

Elle était avec Rosine à quelques pas de là, très occupées toutes deux à regarder l'agitation sur la place. Jour de Quasimodo on préparait la fête des « pots cassés ».

Jean-Marie chercha des yeux Marie-Jeanne. Celle-ci riait aux côtés de Loizic qui, debout sur un billot, s'évertuait à tendre une corde entre deux arbres. Des ménagères, des vieux, des enfants déposaient sur le sol de vieilles poteries ébréchées qu'un solide gaillard s'apprêtait à suspendre à ladite corde. Marie-Jeanne s'amusait beaucoup à cette tradition. Tout à l'heure, des garçons, yeux bandés à tour de rôle, essaieraient de fracasser la vaisselle à l'aide d'un bâton. Elle sursauta lorsque Jean-Marie, mécontent de la voir avec une compagnie qui ne lui plaisait guère, l'interpella :

« Hé ! la belle ! On est pas rendu.

– Quel dommage ! » dit-elle avec regret, reconnaissant la voix du maître.

Loizic fit volte-face, oubliant son équilibre précaire, et perdit l'équilibre pour s'étaler dans la poussière.

Les badauds rigolèrent. « C'est la fête des pots cassés, pas celle des postérieurs ! lança un petit malin.

– Faut dire qu'il est déjà fendu ! » renchérit un autre.

Les rires redoublèrent. Loizic se releva honteux, en brossant de la main son pantalon. Furieux, il donna un coup de pied dans une jarre qu'il pulvérisa.

« La fête n'est pas commencée Loizic ! Tu triches !

– Qu'est-ce que vous avez après ma peau ? Je vous préviens, je vous abandonne avec vos marmites. »

La colère lui donnant de l'audace, il prit Marie-Jeanne par le bras pour l'accompagner jusqu'au char à bancs.

« Ils sont jaloux, lui murmura-t-il, et ils m'en veulent de m'intéresser à une jeune fille qui n'est pas du village. »

Marie-Jeanne sentit ses joues s'enflammer. Ainsi il avouait « s'intéresser » à elle... Sans un mot elle monta dans le char à bancs et fit un petit signe d'adieu à l'amoureux dépité tandis qu'Anne poussait un profond soupir.

IV

L'annonce d'une vocation

À LA MAISON, Corentin et Yves commençaient à s'inquiéter, ainsi que François revenu de Brasparts depuis longtemps. De nouveau il avait enlevé les ouailles au Paradis avec sa voix d'ange. Pourtant, avec la mue, il connaissait parfois des ratés qui le désespéraient. Il s'en confia à Yves : « Tu crois que ça va revenir ? – Je n'y connais rien mon pauvre vieux. Moi je n'ai jamais chanté, je siffle. » Enfin les grelots de l'attelage les rassurèrent. Rosine, après un rapide changement de costume, dressa la table. Pleine d'entrain, elle raconta les préparatifs des « pots cassés » et la culbute inénarrable de Loizic.

Marie-Jeanne lui donna un coup de pied pour la stopper dans cette histoire, mais la fillette bien lancée continua, satisfaite d'intéresser les grands garçons :

« Quand il a entendu la voix de Pa'p, Loizic s'est retourné si brusquement qu'il a perdu l'équilibre, perché sur le billot. Il était à plat ventre dans la poussière. Tout le monde riait ! »

Le sourire des garçons l'encourageait à continuer mais Corentin ne trouva pas l'histoire drôle et ne put s'empêcher d'éclater :

« Mais il est donc partout cet énergumène ? S'il est tombé, ça lui apprendra. Il s'est couvert de ridicule avec ses grands airs... »

Marie-Jeanne se pencha vers l'âtre pour « titiller » quelques braises, tandis qu'Anne ostensiblement déposait la soupière sur la table.

« Tu ne me demandes pas des nouvelles de mon cousin Louis ?

– Mais si patron, je vous le demande. »

La scène de l'estaminet fut contée avec tous les détails. La perte de la vache émut beaucoup moins que la nouvelle folie criminelle du loup.

Les choses allèrent bon train. Quelques habitants reçurent un piège livré à domicile par un sergent. Auparavant, seule la noblesse avait le droit de se livrer à la chasse aux loups et les paysans de toute la région furent heureux d'être pris au sérieux. Rosine n'avait jamais vu pareil instrument de torture. Les énormes mâchoires aux dents acérées la firent trembler de peur et de dégoût. « On ne sait pas qui est le plus sauvage de l'homme ou du loup », pensa-t-elle. Corentin souleva l'engin.

« Il pèse bien vingt kilogrammes », dit-il.

Le sergent muni d'un relevé géographique de la campagne environnante consulta Jean-Marie :

« Il faut nous mettre d'accord sur l'emplacement. »

Tous deux partirent dans la nature en reconnaissance, la machine infernale enfouie dans un sac de jute.

Sur la publication affichée à la mairie, Jean-Marie signa de son nom – car il avait la chance de savoir écrire – et indiqua sur un plan la place de l'engin. Ainsi chacun pourrait connaître la disposition des pièges.

Dans les jours qui suivirent, Jean-Marie dut compter plus que jamais sur l'efficacité de chacun. Bléogat le remplacerait dans la direction des travaux des champs, car lui, le maître, ne pouvait pas échapper au pèlerinage des Rogations. Et cela n'en finissait pas ! Le premier jour on bénissait les prés, le deuxième les champs. Dans sa jeunesse, il se rappelait avoir suivi le cortège un troisième jour autour du finage.

Mais il reconnaissait que le courage ne suffisait pas. Il fallait l'aide du Ciel.

À la vue de Bléogat, Rosine se précipita vers lui pour l'embrasser. Depuis le baiser maternel, l'homme ne se souvenait pas avoir connu tant d'émotion.

« Quand je vais commencer la meule, tu ne pourras plus m'embrasser. Je suis si noir alors qu'on ne voit plus que les yeux !

– Dis Bléogat, je voudrais te parler de notre secret. Tu sais qu'on a mis des pièges à loups ? C'est monstrueux ! Il faut prévenir ton ami “le meneur de loups” qu'il garde à l'abri ses protégés. Surtout le louveteau…

– Il soigne les loups blessés. Tu penses qu'il ne va pas les mettre justement en liberté ces temps-ci. Quant à ton louveteau, tu ne le reconnaîtras pas.

– Comment il les nourrit ? Ça doit lui coûter cher !

– Avec les pièges il va récolter des lapins, des renards et toutes sortes de bestiaux. Un jour, je t'emmènerai chez lui.

– Où vas-tu maintenant ? Je voudrais aller avec toi.

– Je vais brûler la lande. Je ne peux pas t'emmener, c'est dangereux.

– Toi alors ! Il faut toujours que tu joues avec le feu !

– Tu t'imagines que c'est un jeu ? Tu sais qu'il faut beaucoup de fagots d'ajonc pour le foyer, et puis des souches pour le four à pain ? À force il n'y en a plus. Si je ne brûle pas, sais-tu ce qui va arriver ?

– Non, répond Rosine fière d'être considérée comme une grande personne.

– La bruyère va gagner sur la lande. Elle va tout envahir. Alors il faut semer du nouvel ajonc si tu veux manger. Ta mère s'est installée à carder. Regarde-la bien travailler. C'est la meilleure école pour apprendre. Kenavo ! »

Elle fut bien déçue lorsqu'elle s'approcha de sa mère et de Marie-Jeanne qui, s'étant installées devant la maison pour carder, trop absorbées, ne lui jetèrent même pas un regard. Une poussière invisible grattait la gorge. Elle allait s'éloigner lorsque Anne lui lança :

« Petite ! Arrête de flâner comme une "gadouilleuse". Sur la table tu trouveras six perdreaux qu'il faut plumer. C'est grâce à Bléogat.

– Je n'ai jamais fait ça, Ma'm.

– Eh bien il est grand temps. Après le souper, nous reverrons toutes les deux le livre de Monsieur le recteur. Il m'a demandé où en était ta lecture. Depuis Pâques il veut que tu ailles à son école. On en reparlera… »

Rosine bâilla d'étonnement. Aller à l'école c'était un vrai chambardement. Yves disait souvent ce mot-là. Et puis sa mère, taiseuse à l'ordinaire, avait tant parlé… Elle pluma les volatiles au plumage taché de sang dont le spectacle des têtes brinquebalantes lui souleva le cœur. Lorsque les lourdes portes de la grange grincèrent, elle se réjouit du retour des hommes. Ils riaient et parlaient fort en se lavant le visage et les bras à l'auge de pierre, comme si l'eau avait aussi le pouvoir de laver leur fatigue.

Sans tarder ils vidèrent un pichet de cidre en lorgnant les bestioles embrochées dont le jus suintant sur les braises provoquait des étincelles, prélude à un joyeux festin.

« Merci à saint Hubert, dit Corentin en se pourléchant à l'avance.

– Saint Hubert n'y est pour rien. Vous remercierez Bléogat demain », répondit Marie-Jeanne à Corentin en lui adressant un franc sourire.

Corentin en trembla de plaisir.

« Bléogat, tu nous gâtes ! Bléogat, tu nous gâtes ! scanda Yves en frappant la table du plat de son couteau.

– Il n'a pas voulu rester, il a rejoint sa hutte, expliqua Anne. Il a dit : “Un perdreau ? Avec le travail d'aujourd'hui, il me faut au moins une autruche !” »

Rosine, de son escabeau, attendit la fin des rires pour préciser :

« C'est moi qui ai plumé ! »

Certains applaudirent. Jean-Marie annonça qu'en récompense elle accompagnerait ceux qui se rendraient à la foire de Brasparts lundi prochain. Celle-ci n'ayant lieu que tous les deux mois, il était urgent de commercer. À la maison plus de farine, de pain de suif, et autres choses vitales. De plus, il fallait attendre juillet pour récolter le miel. C'était la disette.

À l'heure présente, Anne apprit que l'on vendrait la jument puisque le poulain s'émancipait et qu'il restait le cheval. Elle ne discutait pas ce genre de décision mais n'approuvait pas. On vendrait aussi un mouton sur les deux restants. Une victime en moins pour le loup. On avait besoin d'argent, il fallait faire confiance aux hommes.

« Un petit verre d'eau-de-vie de cidre Ma'm, pour trinquer aux bonnes affaires de la foire ?

– Tu mets la charrue avant les bœufs, Jean-Marie. Ce n'est pas dans ton habitude ! »

Anne rit elle-même de sa blague.

Rosine trouva que sa mère était bien belle lorsqu'elle riait.

L'ambiance ayant tissé une complicité bon enfant, François réclama le silence car il voulait annoncer une chose importante. Il interrompit tout son monde et chacun supposa que sa déclaration serait liée à sa rencontre avec le loup. Depuis, il était devenu si songeur…

« Vous voyez bien que nous sommes trop nombreux à vivre sur cette ferme. J'ai bien réfléchi, croyez-moi. Ce n'est pas l'eau-de-vie qui me tourne la tête. J'espère que vous serez d'accord. »

Il suspendit son discours pour prendre une grande aspiration :

« Je voudrais entrer au séminaire de Pont-Croix. “Ils” forment des novices et il paraît qu'il y a là-bas une manécanterie célèbre. Depuis longtemps (pardon à tous si je n'ai rien dit), mais le bon Dieu m'a fait signe. »

Après un temps de silence impressionnant, Jean-Marie explosa :

« Il manquait plus que ça ! Est-ce qu'on t'a dit que tu étais de trop ici ? Tous les paysans d'alentour m'ont entendu parler de ton courage dans le travail. D'abord qu'est-ce que c'est "mécanti" ou je ne sais quoi ?

– On apprend à chanter Pa'p, on célèbre la messe. Peut-être à d'autres heures je ferai jardinier ou charpentier.

– Ce ne serait pas ta mère qui t'aurait mis ces idées dans la tête ? » Anne secoua la tête en signe de dénégation et se mit à pleurer.

Corentin et Yves quittèrent discrètement la maison pour s'enfouir dans la paille de la grange. Marie-Jeanne tira Rosine en direction du cellier afin de cacher leur stupéfaction dans le lit clos. François restait figé, les deux mains sur les genoux comme pour se faire portraiturer.

Jean-Marie reprit :

« On embauche Bléogat parce qu'on n'a pas assez de bras et tu irais planter des fleurs ! Pour amuser qui, on se le demande. Petit, tu m'assassines.

– Je n'ai pas l'intention de vous quitter maintenant Pa'p. Après les récoltes seulement. Je ne vous mettrai pas dans l'embarras. »

En disant cela, François se leva et posa sa main sur l'épaule paternelle, ce qui eut pour but d'éteindre sa colère.

« Es-tu sûr au moins qu'"ils" voudront de toi là-bas ? Le recteur t'a appris à lire et écrire, tu "baragouines" un peu de latin, mais... c'est des savants ces gens-là !

– Monsieur le recteur a dit qu'il fallait suivre sa vocation, Pa'p.

– Ah ! ben alors, si tout le monde est d'accord... Il est toujours dans le coup cet homme-là ! Je suis le dernier informé dans cette maison. »

S'adressant à Anne :

« Tu étais au courant toi, bien sûr ? »

Anne qui lavait des bols, la tête dans les épaules, se retourna d'un coup :

« Tu te trompes mon ami. J'apprends comme toi la bonne nouvelle. »

François enveloppa sa mère d'un regard plein de reconnaissance. Se sentant en minorité, le père ne trouva rien à répondre. Ils le virent sortir d'un pas pesant pour s'immobiliser sur le seuil à regarder les étoiles. Le jeune garçon regretta amèrement sa confession : son père avait soudainement vieilli. Il osa l'appeler : « Viens Pa'p. L'air est frais à c't'heure. » Jean-Marie referma la porte, s'appliqua à défaire ses sabots et rassembla sur le sol de terre battue les brins de paille éparpillés. « Le bonsoir à vous deux. Demain il faut devancer le chant du coq pour se préparer pour la foire. » Bien qu'il lui en coutât, il dit plus bas : « Pour la vocation, mon gars, on en parlera sérieusement à la Saint-Michel. » Il avait dit « mon gars ». Il n'était déjà plus fâché.

V

La foire de Brasparts

Au petit matin le branle-bas dans la cour éveilla Rosine. La soupe fumante pendue à la crémaillère avait embué les carreaux de la petite fenêtre. De la manche de sa chemise elle les essuya. Un spectacle magique éblouit ses yeux à peine éveillés. Un soleil incandescent poursuivait son ascension au-dessus de l'horizon. On aurait dit qu'il sortait de l'Enfer, incendiant de ses feux les arbres, les murets, ainsi que les ombres qui s'agitaient dans la cour.

Elle reconnut Corentin qui attachait la jument derrière le char à bancs. À l'intérieur de celui-ci, le mouton gisait les pattes liées. Ma'm, aidée de Marie-Jeanne, mettait en cagette deux poules, qui en s'ébattant dispersaient des plumes à tous vents. Fistoulig énervé par cette envolée aboyait comme un enragé. Rosine recula dans l'ombre de la pièce. Ils avaient tous promis de l'emmener à la foire. (Les grandes personnes ne mentent jamais.) « Hâtons la toilette », se dit-elle prudente malgré tout. Une trempette des mains dans le seau d'eau familial, quelques gouttes sur le nez frotté à la manière d'un petit chat suffiraient ce matin. Au moment de troquer sa chemise de nuit contre sa tenue de tous les jours, son corps blanc tressaillit de froid. Marie-Jeanne n'avait pas entretenu le feu. Ils entrèrent tous en se frottant les mains, par habitude pour le travail bien fait, mais également pour ce petit air frisquet du matin.

Pudique, Rosine eut juste le temps d'enfiler sa jupe de laine et croisa les mains devant son torse enfantin.

Les hommes rigolèrent, ce qui fâcha Marie-Jeanne.

« Ne vous moquez pas. Vous croyez que c'est facile pour nous d'avoir une intimité ?

– Il faut enfermer Fistoulig dans la grange, ordonna Jean-Marie pour faire diversion. Il risque de nous suivre, et puis... rappelez-vous que la viande de chien, c'est le menu préféré du loup. »

Les hommes avalèrent la soupe, tandis que les femmes burent le lait encore tiède et mousseux de la traite effectuée par Marie-Jeanne avant le lever du soleil. Chacune y trempa des morceaux de la tourte, dure comme une meule.

« En route, les enfants ! lança Jean-Marie en prenant les rênes au côté de Corentin. Prenez vos capuchons les dames, on ne revient qu'à la fin de journée ! »

François se serra entre les filles car Ma'm gardait la maison, se plaignant pour la première fois d'être fatiguée. Yves, plein de chansons malgré sa tristesse, suivit derrière sur le dos de la jument pour son dernier voyage. Rosine ne savait plus où donner des yeux. On croisait des attelages bondés, de vrais pèlerinages avec des vaches qui marchaient « à pattes ». Une charrette excessivement chargée avait cassé un essieu. L'entraide ne posant pas problème, quelques-uns prêtaient la main, se souciant peu de barrer la route pour réparer.

À l'entrée du bourg il fallut s'arrêter à l'octroi pour payer les droits puisque jument, mouton et volailles étaient considérés comme marchandises. Dans Brasparts, ce fut une cohue indescriptible, mais chacun avait ses habitudes et le désordre n'était qu'apparent.

Après s'être débarrassés du char, les hommes se rendirent au foirail avec le mouton docile et la jument dont le pas pesant semblait vouloir retarder la séparation.

Les filles, tenant à bout de bras la cagette des poules, pénétrèrent sous les halles au grand toit pentu. Le sol, irrégulier par la présence de rochers qui par endroits affleuraient, obligeait à regarder ses pas. On parlait de détruire ces halles pour reconstruire de nouveaux bâtiments. Sur la question, les avis étaient partagés, les vieux attachés à la tradition. Si les poules et les chapons caquetaient, le bavardage des femmes leur volait la priorité. Certaines fermières venaient de loin, reconnaissables à leur coiffe ou à un détail de ruban sur leurs atours. Elles exhibaient sur une bâche ou sur une table de fortune du beurre et des œufs, parfois du gibier.

Elles eurent la chance de « faire affaire » rapidement. Marie-Jeanne cacha de bonnes pièces trébuchantes au fond d'une longue poche à l'abri sous le tablier.

« Maintenant on va s'amuser », dit-elle à la petite.

Des baraques remontées à chacune des foires, s'exhalaient des odeurs fortes de graisse et de pains de suif. Du grain et de la farine boursouflaient des sacs de jute. Beaucoup exposaient sur le sol. Là, des peaux de bovins, des outils, des harnais, de la ficelle de chanvre, plus loin, de la toile, des molletons, du pilou, de la ratine.

Notre jeunesse s'arrêta un long temps, éblouie devant un marchand de dentelles, de rubans et de velours perlés. Marie-Jeanne, devinant la pensée de sa mignonne, lui promit :

« On ne peut pas dépenser notre gain Rosine. La mère en a trop besoin. Mais elle a dit : "Quand vous aurez payé la farine, le café et le savon, vous pourrez dépenser les derniers sous." »

Alors elles avisèrent une marche pour s'asseoir et compter leur fortune.

« On peut s'acheter de belles épingles pour nos devantiers ? Tu préfères peut-être des peignes ? »

La petite ne répondit pas, absorbée à regarder un barde ambulant accompagné d'un chien qui portait des chansons dans la gueule. Des badauds, empêchés de danser par manque de place, sautillaient et scandaient les refrains connus.

« Tu ne m'écoutes pas ma belle ?

– J'ai très faim, Marie-Jeanne. Là-bas il y a une marchande de crêpes. Je préfère, puisque tu me demandes. Oui, je préfère une crêpe. »

Recevant des coups de sabots dans les chevilles et des paniers dans les côtes, elles plongèrent dans la foule en riant, ne se lâchant pas les mains.

À la bonne odeur de beurre fondu et à la fumée qui spiralait vers le ciel, elles atteignirent notre crêpière et sa cuisine ambulante. Tandis que la louchée de pâte s'épatait sur la tôle en crépitant, Rosine murmura à sa grande amie :

« Elle a plein de poils au menton. » La vieille, heureusement sourde, dit mécaniquement : « Au beurre ou au sucre ?

– Les deux », répondit Marie-Jeanne enhardie par les sequins tintant au niveau du genou.

Elles étaient heureuses les filles, mordant à pleines dents les crêpes et leur jeunesse.

Il y eut assez de sous pour s'offrir chacune, en plus, quatre épingles à tête nacrée, comme paraît-il ce que l'on trouve à la mer…

Le rendez-vous avec les hommes étant proche, elles se dirigèrent vers la grand-place. Au centre, se dressait un arbre de mai planté à la fête, qui pleurait un feuillage fané. Il se savait en sursis. Intriguées par un attroupement de femmes dont les coiffes blanches papillonnaient, elles s'y agglutinèrent. Au centre, une jolie fille assise sur un tabouret livrait sa chevelure aux ciseaux d'un perruquier. Il prenait moins de précautions que s'il avait égalisé la crinière de son cheval pour un comice. Une autre paysanne, la figure navrée, attendait son tour, les cheveux libérés de la coiffe épandus sur ses épaules. Marie-Jeanne qui avait vu des images la compara à une prochaine guillotinée… Courageuse à exprimer ses idées, elle montra sa colère :

« Si ce n'est pas malheureux d'être obligée d'en arriver là pour faire vivre sa famille ! On nous fait une belle condition à nous les femmes. Se faire ainsi massacrer pour quelques sous. Les pauvres ! »

Quelques commères gênées se détournèrent pour repartir à leurs affaires. Une téméraire applaudit, ce qui retint les larmes de compassion de Rosine. Au moins une qui était d'accord.

Chez Philomène, un rideau de fumée empêcha au premier abord les demoiselles de distinguer la table de leur parenté. Seule la voix gaillarde de Jean-Marie les guida vers le fond de l'estaminet. Quel brouhaha !

« Voilà les plus belles ! » s'efforça de prononcer le père.

Sa langue pâteuse ainsi que les trois pichets sur la table laissaient envisager qu'il avait fait une bonne affaire. Yves, debout sur un escabeau, faisait le guignol en racontant une histoire. François le contemplait avec admiration, peut-être avec envie. Où allait-il chercher cette passion de vivre ? Marie-Jeanne crut défaillir lorsqu'elle aperçut Loizic à ses côtés. Il se leva pour la saluer avec son sourire moqueur qui l'enjôlait et qui faisait dire à Corentin : « Il a toujours l'air de se foutre du monde. »

Précisément celui-là était absent. En tant que grand valet, lui incombait d'enrôler les volontaires pour la prochaine réfection de l'aire à battre. Non seulement des fermiers costauds, mais l'emprunt de trois chevaux, les habitués du travail forcé ! Ce serait à charge de revanche, la solidarité étant l'apanage des Bretons.

« On y va ! » lança le maître.

À la porte du cabaret sur une table bancale qui cherchait sa stabilité sur les pavés, Corentin trinquait avec la compagnie. Il avait recruté plus qu'il n'osait l'espérer. Le plus difficile avait été de fixer les deux jours nécessaires à la fabrication de l'aire neuve. Le premier avec les chevaux, le second la semaine suivante où les danseurs et danseuses étaient concernés. Ce serait le travail avec le plaisir.

L'hiver avait été long. Les gambettes démangeaient tandis que le biniou et la cornemuse s'enrouaient. Avec force tapes sur l'épaule, Jean-Marie et Corentin marquèrent leur entente mutuelle, mais la figure de ce dernier s'allongea lorsqu'il aperçut le beau Loizic sortir à la suite de Marie-Jeanne qu'il semblait renifler comme un chien en chasse.

« Tu as fait les emplettes pour la mère ? » demanda-t-il à la jeune fille dans l'espoir de séparer les deux tourtereaux.

C'était insupportable à la fin ! Elle ne voyait donc pas qu'il était insignifiant, prétentieux, même glorieux…

Dans le char à bancs, personne n'avait envie de parler, chacun ruminant sa propre pensée, la tête encore étourdie des rumeurs de la foire avec ses musiques de grelots et de tambourinaire, les « conversations » des bêtes et les « caquettages » des gens. Rosine moulue de fatigue dormait à même le sol dans le fond du char, à la place du mouton. La jument ne suivait plus. Jean-Marie qui avait parfois le vin triste répéta à plusieurs reprises, lorsqu'ils croisaient un convoyeur brinquebalant sur le chemin rocailleux : « C'est peut-être la charrette de l'Ankou[1] », et se signait. Corentin, les rênes en main, aurait pu s'enorgueillir de ses embauches et être heureux, mais à travers les futaies, flottant dans les brumes du marais du Yeun, il apercevait le sourire moqueur aux dents trop blanches de Loizic qui se confondait avec le loup-garou.

1. L'Ankou : la mort.

Fistoulig, libéré par Anne, la précéda. Il exécuta des tourbillons de bonheur assortis de jappements aigus réservés aux retrouvailles. On allongea Rosine dans le lit clos. Les hommes remisèrent dans l'écurie, et les femmes sans tarder disposèrent la table. Anne affirma s'être beaucoup reposée. Elle avait pourtant confectionné une soupe au lard à rendre jaloux un cochon, et un far comme une roue de charrette. Bléogat avec son nez de limier et ses yeux de lynx se joignit à la famille.

À la veillée, le silence fut taquiné par le tic-tac régulier du rouet de Marie-Jeanne, et par l'écrasement des noix livrées au maillet des garçons. Jean-Marie effilait l'extrémité de piquets et chaque coup de serpe ressemblait à une respiration.

Anne s'était excusée de partir se coucher. Qu'avait-elle depuis quelque temps ? Bléogat profita du départ de Rosine au pays des rêves pour annoncer :

« Le meneur de loups a été visité par les gendarmes. »

Un « oh ! » général s'éleva dans la cuisine.

« Ils l'ont emmené après lui avoir ordonné de faire monter ses loups dans la fourgonnette. Les valides et les éclopés. On se doute qu'ils vont passer à la casserole ceux-là ! Baptiste, vous savez, le gendarme avec un gros nez, c'est lui qui m'a raconté. »

Chacun suspendit son ouvrage. L'autre reprit :

« Il se doutait de ce qui allait arriver. C'est un homme extraordinaire. Les gens s'imaginent qu'il participait à des cérémonies magiques au carrefour des bois. On disait même qu'il détenait son pouvoir parce qu'il avait passé un pacte avec le Diable… Pas lui ! Rejeté de la société, il préférait l'amitié des loups, victimes comme lui d'une énorme injustice.

– Il faut tout de même lutter contre cette carne ? dit Jean-Marie bourru.

– Vous n'allez pas me croire mais le loup a peur de l'homme, assura Bléogat.

– Seulement il “se tape” un mouton comme un bonbon ! »

Jean-Marie se mit en colère. Il n'était pas d'accord du tout. Le charbonnier, sachant que la bataille des mots engendrait parfois celle des mains, se leva, ajusta son feutre sur ses cheveux enchevêtrés, rouges comme un feu de forêt, et dit seulement avant de refermer la porte :

« Je viendrai pour l'aire à battre. Imbécile mais pas lâcheur ! »

Une poignée de noix s'abattit contre la porte déjà fermée sur l'homme des bois. Jean-Marie eut l'impression d'avoir eu le dernier mot.

VI

Corentin pris au piège

L'AIR ÉTAIT DOUX, les jours plus longs en ce milieu du mois de mai. Louise et sa famille de la ferme d'en haut, conviées par Jean-Marie pour la veillée, se joignirent à Henri et les siens, des voisins, sans doute cousins. Ils se connaissaient tous depuis l'enfance, ne parlaient que le breton et s'en trouvaient bien. Ils avaient trimé dur pour se maintenir chacun dans leur ferme dont les premiers propriétaires – leurs ancêtres – se perdaient dans la nuit des temps. Pas de domestiques, ils vivaient chichement et s'entraidaient, même si parfois survenait une fâcherie que l'on essayait d'oublier.

Au carrefour de la Croix, ils s'enfoncèrent dans le chemin creux, les enfants courant devant, escaladant parfois les talus au mépris des ronces et des fougères et apparaissaient du haut des échaliers pour surprendre les parents qui rentraient dans le jeu et feignaient d'avoir peur.

Yves, sortant de la grange, les salua de la voix, les bras encombrés d'une énorme bûche qui éclairerait la soirée.

Bien avant l'arrivée de cette escouade, l'ambiance était à l'excitation dans la salle commune. Anne et Marie-Jeanne s'étaient parées d'un beau tablier. On avait allumé deux chandelles supplémentaires et François resserrait les braises au-dessus desquelles il installait des saucisses. Fistoulig aussi était de la fête. Autorisé à rester dans la cuisine, il quittait petit à petit l'ombre de la table en rampant pour se rapprocher de la cheminée dont François lui refusait l'accès. Rosine alla chercher sur la pierre de l'évier deux bouquets de muguet qu'elle offrit à Louise et à la femme d'Henri.

« Il y en a plein près de la fontaine ! dit-elle radieuse.

– Elle aime à faire plaisir, précisa Anne qui ne faisait pas souvent de compliments. Elle est heureuse avec les fleurs et les animaux.

– Ce sera une bonne personne », prédit Louise.

On était trop nombreux pour se mettre à table. Les hommes firent montre de leur force en orientant le banc du lit clos vers le foyer ainsi que les bancs de table. Jean-Marie traça un signe de croix avec son couteau sur la tourte avant de découper une belle tranche à chacun. François surmonta chaque tranche d'une saucisse grillée à point. Marie-Jeanne remplit les gobelets du meilleur cidre de la maison.

Pour la première fois, Anne, assise, ne faisait rien. Elle était cependant attentive à la conversation. On attaqua le sujet d'emblée avec juste quelques formules de courtoisie : « Qui sera présent demain à l'aire neuve ? »

Henri promit de venir après la traite avec son fils aîné.

« Et ton cheval ? demanda Jean-Marie en plaisantant.

– Pour sûr, avec le cheval ! Mais les gamins resteront avec la mère pour aider. On sera au complet la semaine d'après, compte sur nous. »

Anatole jeta un œil en coin vers Louise avant de prendre la parole. Le pauvre n'était pas maître chez lui et c'était la fable dans le pays. Là, il s'agissait d'une affaire d'homme. Il s'enhardit :

« Au lever du soleil je serai sur le terrain, avec le bourrin. »

Il fit sonner la rime dont tout le monde rit.

Le petit Jacques qui jouait par terre aux osselets avec Rosine supplia : « Je veux venir aussi Pa'p ! Je veux venir Ma'm ! » Il tentait sa chance des deux côtés mais on trancha ! « Pas de gamin dans les pattes ! C'est dangereux, sale et pas drôle, répartit le père qui soudain faisait preuve d'autorité. Le jour de la fête tu danseras avec Rosine. »

Celle-ci rougit comme un coquelicot. À ce moment la porte s'ouvrit et Bléogat se planta dans la pièce, projetant une ombre inquiétante sur le mur. Jean-Marie poussa un soupir de soulagement. Il l'attendait. Quant à Anne, elle secoua sa léthargie en se précipitant sur Bléogat pour le délivrer de son bâton et de sa houppelande. Chacun se poussa pour lui ménager une place.

Aux saucisses succédèrent des pommes cuites sur la grille. François se montrait expert pour cet exercice. Très sensible à toutes ces odeurs – celles de sa maison –, il les emmagasinait dans sa mémoire pour le temps prochain de la séparation. Il fallut distribuer à chacun un bol ou une écuelle. On ne compte pas sa peine pour recevoir. Yves déposa sa bûche qui provoqua une levée d'étincelles happées par la cheminée vers la nuit. On baissa la voix et les chandelles. Ce fut l'heure des grillons, des chants, et des grands mystères.

Bien que le jour fût à peine levé, Jean-Marie traqua du regard le moindre nuage. Ce serait une belle journée. Fistoulig encore joueur malgré son âge mordilla la paille qui dépassait des sabots de son maître.

« Mon pauvre vieux tu fais bien de t'exciter maintenant parce qu'avec le charivari de tout à l'heure tu vas déguerpir et surveiller le mouton. Quel troupeau ! Je suis bien d'accord avec toi, c'est ridicule. »

Le chien fit des moulinets avec sa queue et aboya en direction du chemin.

Jean-Marie avait entendu des roues de charrette.

« Bravo les gars, bien joué ! Vous êtes les premiers ! »

Les femmes sortirent, y compris Rosine qui avait un rôle à jouer. Elle n'attendit pas qu'on remisa la charrette, escalada le marchepied et offrit un flot de rubans multicolores au conducteur.

« La récompense au premier travailleur, récita-t-elle comme on lui avait appris.

– Eh bien ! la récompense, c'est d'embrasser une jolie petite fille comme toi ! »

Un robuste cheval roux, les paturons frangés, suivait monté à cru par Henri et son fils. Par-delà le muret on apercevait par intermittence, à la cadence du trot du cheval, le chapeau à guides ceinturé du ruban violet d'Anatole.

Jean-Marie l'accueillit par l'inévitable : « Salut l'évêque ! » Anne murmura à l'oreille de Marie-Jeanne :

« Il ne peut pas s'empêcher de l'appeler comme ça. Un jour il se fâchera. »

Puis elle cria à l'intention des hommes :

« Si vous voulez vous débarrasser de vos vestes, elles seront au chaud près de la cheminée. »

On mit les chevaux à l'écart, y compris celui de Jean-Marie, et Yves orna d'une fleur en papier le sommet de leur tête entre les deux oreilles. François et Yves distribuèrent les râteaux, les pioches et des seaux pour préparer le terrain. L'emplacement étant situé à quelques mètres de la maison, les femmes pourraient suivre les travaux de la porte ou par les deux petites fenêtres. Ce fut à qui gratterait le plus vite, le plus profond le sol pour en extirper les pierres, le moindre caillou et les touffes d'herbe qui prenaient la liberté de pousser malgré le passage continuel de la famille et des animaux.

Une pause mobilisa les femmes toujours prêtes à jouer les soubrettes.

« Qui veut un bol de bouillon ? » demanda Anne.

Les hommes, trop polis pour s'esclaffer, attendaient autre chose. Anne craignant la dérive sortit le pichet de cidre à contrecœur.

Les gars trinquèrent à la bonne santé des dames et à la réussite du travail. Ce fut le moment où Jean-Marie dut remercier l'équipe. Il était heureux de pouvoir compter sur le voisinage et dans ses compliments pointa l'émotion.

D'un tombereau on fit la chaîne pour déverser de l'argile sur le terrain.

« Une bonne couche ! Sans supplément ! » cria Henri téméraire sans la présence de Louise.

Puis on versa de l'eau qu'on allait quérir à la fontaine, et encore de l'eau… C'est alors que les trois chevaux à la tête fleurie entrèrent en action. Sous la conduite de Bléogat qui venait de se pointer (comme les grands artistes il aimait les coups de théâtre), ils tournèrent dans la bouillasse. L'homme des bois avait roulé le bas de ses braies, enlevé ses guêtres et ses sabots. Il aurait marché sur des chardons. Les piétinements du manège éclaboussèrent les hommes qui n'étaient plus que spectateurs.

« Écartez-vous ! » ordonna le maître.

La boue s'épaissit comme une vilaine pâte à crêpe. Bléogat, maculé jusqu'aux genoux, ralentit l'allure. Sur l'esplanade bientôt uniforme, les chevaux, dont les naseaux exhalaient une buée de chaleur, traçaient un sillon qui se refermait derrière eux.

« Stop ! » commanda Bléogat.

On applaudit. Yves alla chercher son biniou pour que les gars fassent toilette à l'auge en musique. Bléogat déclara qu'il était trop crasseux et qu'il pataugerait au lavoir avec les chevaux dont la boue en séchant leur faisait des chaussettes. Henri et Anatole se chargèrent de leur animal. Rosine mit à profit l'animation qui régnait sur l'aire pour suivre le bataillon.

Ce fut le hennissement des chevaux qui dénonça à Bléogat une présence à l'entrée du bois. La silhouette d'un homme semblait en difficulté à juguler son cheval. L'animal se cabrait et donnait des signes de frayeur. Anatole, qui le premier avait terminé la toilette de son cheval, planta là les autres en leur mimant qu'il allait aux renseignements. À découvert, sa présence fit se retourner l'homme. Lequel des deux fut le plus stupéfait ? C'était Loizic qui s'évertuait à accrocher en croupe à l'arrière de la selle le cadavre d'un loup dont le piège béant gisait à ses pieds. L'équipage affolait le cheval mais la présence d'un témoin terrorisa Loizic.

« Qu'est-ce que tu fais par ici ? questionna Anatole.

– Je n'ai pas de comptes à te rendre… se troubla l'autre.

– Ce piège a été installé par Jean-Marie. Tu ne l'ignores pas ? »

Loizic retrouva d'un coup son insolence, fit un geste obscène à l'adresse d'Anatole, et sautant sur son cheval maîtrisé, disparut dans la lande.

Le groupe reconstitué et ébahi par « l'histoire » revint au trot à la maison. L'incident fut compté à Jean-Marie qui s'étrangla de colère :

« Ah ! le salaud ! Vous allez voir qu'il fonce à la mairie pour toucher la prime ! Il a tous les défauts, même pas l'honneur. Qu'est-ce qu'il fout par chez nous ce fouineur ? Je vais lui caresser les côtelettes, et la prime, je vous garantis qu'il peut se taper ! »

Publiquement, pour la première fois, il s'adressa à Marie-Jeanne qui pleurait :

« Nous t'aimons tous ici, Marie-Jeanne, mais vraiment ce n'est pas une fréquentation pour toi. C'est tes affaires, pour sûr, mais ce gars-là c'est un voyou. »

Chacun fit mine de n'avoir pas entendu, surtout Corentin qui n'aurait jamais osé espérer pareille exhortation. Il cacha son trouble en réajustant sa ceinture de flanelle. Ils entrèrent dans la maison pour casser la croûte comme le voulait la coutume. Deux poulets rôtissaient tandis qu'au fond de l'âtre des pommes de terre éclataient leur peau sous la cendre.

Personne ne s'était aperçu de l'absence de Rosine. Elle arriva essoufflée, ayant pris l'initiative d'aller chercher le mouton. Fistoulig, obéissant à la consigne, avait monté la garde. On n'eut pas le temps ni le courage de lui faire des reproches.

« Si vous saviez, hoqueta-t-elle, les mains comprimant la poitrine, si vous saviez ce que j'ai vu...

– Dis-le-nous, morbleu, qu'est-ce que t'as vu ? dit Jean-Marie impatient.

– J'ai aperçu, “si je mens je vais en Enfer”, j'ai aperçu trois loups à la queue leu leu qui passaient le long du marais. Ils auraient pu attaquer le mouton, ou le chien.

– Ou bien toi, brigande. Tu dis bien : trois ? demanda Corentin.

– Comme je te vois.

– C'est une invasion ! ça ne s'arrange pas ! Bonne Sainte Vierge protégez-nous. »

Ils parlaient tous en même temps.

« Assez de jérémiades ! Il faut agir, dit énergiquement Jean-Marie en décrochant son fusil.

– Pa'p, cria François. Tu veux tirer les loups ou Loizic ?

– Tu as raison, pourquoi pas Loizic ? Il est encore plus dangereux que les loups. »

Il claqua la porte. Parti comme il était, la rage au ventre, inutile de le raisonner. Un grand valet n'abandonne pas son maître. Corentin l'aimait cet homme-là. Il enfila sa veste et le suivit.

Les voisins, mal à l'aise, prirent congé d'Anne en la remerciant. Elle en fit autant pour le dérangement. Les trois femmes enfin seules commencèrent à se ronger les sangs.

Jean-Marie avait pris de l'avance. Corentin l'apercevait courant vers le marais. Pour le rattraper, il eut l'idée de couper par la lisière du bois. Tout à coup une douleur immense le bloqua au sol. Les mâchoires béantes du piège à loups s'étaient refermées sur sa jambe droite au niveau de sa cheville. Ce fameux piège pillé par Loizic ! Dur au mal il ne pouvait se retenir de hurler. Les chairs sanguinolentes semblaient hachurées par les dents métalliques. Il s'affaissa, la sueur envahissant son corps. Il serra les dents en essayant de desserrer l'engin. La moindre tentative amplifiait la douleur. Avait-il l'os broyé ? Immobilisé avec cet odeur de sang, n'allait-il pas servir lui-même d'appât à un loup qui avait maintes raisons de vengeance. Les appels « au secours ! » éveillèrent l'attention de Jean-Marie qui rebroussa chemin. Au même instant, les cris parvinrent jusqu'aux oreilles du meneur de loups récemment libéré de prison. Habitué aux moindres bruits de la forêt, il n'eut aucune peine à localiser le blessé et rejoindre Jean-Marie. Nul besoin de se concerter pour être efficaces. Lorsqu'ils ouvrirent le piège, Corentin perdit connaissance.

« Si tu veux me faire confiance, dit le meneur à Jean-Marie, confie ton ami à mes soins. Je connais trop – hélas ! – ce genre de tragédie. J'ai mes pommades et mes plantes et vais tout faire pour arranger les choses. Le tibia n'est pas écrasé, mais il n'est pas prêt de danser la ridée, ton copain. »

Porté par les deux hommes jusqu'à la cabane, Corentin ne reprit ses esprits qu'en sentant l'eau-de-vie de cidre lui brûler la langue. Il ne discuta pas au sujet de son hospitalisation inopinée. Il souffrait trop pour discuter. De plus il était plein de reconnaissance et pleurait en gémissant comme un enfant. Tandis qu'il mettait de l'eau à bouillir, le docteur en herbe s'adressa à Jean-Marie :

« Je ferai le maximum. Qui as-tu l'intention de descendre avec ton fusil ?

– Je ne sais plus », répondit l'autre en se grattant la tête sous son chapeau. Il se garda bien de conter le rapt de Loizic. Il continua :

« La petite a raconté avoir vu trois loups à deux pas de chez toi ?

– Peut-être mes bêtes qui ont faussé compagnie à messieurs les gendarmes et qui reviennent me voir ? »

En parlant il fit une mixture avec des herbes et des onguents qu'il pila dans un mortier avec un geste d'initié. Il reprit :

« Je ne mets pas en doute les paroles de Rosine, mais tu sais sans doute qu'il est difficile de dire à combien de loups on a affaire lorsqu'on voit des traces. Le deuxième met ses pas avec précision dans ceux du premier et ainsi de suite. À la queue leu leu, quoi… Excuse, mais je préfère opérer tout seul. »

Jean-Marie se pencha sur la couche de Corentin qui mordait son revers de veste pour étouffer ses plaintes, et lui murmura :

« Courage. On prendra de tes nouvelles. Anne priera pour toi. »

Il serra la main du meneur sans un mot, mais dans le regard qu'ils échangèrent passa une grande compréhension.

* *
*

L'anxiété figeait les trois femmes derrière les carreaux. À la vue du maître chacune fit semblant de s'affairer. Yves et François, occupés au cellier à mettre une barrique en perce, furent avertis par le chien et rejoignirent la famille. Jean-Marie, harassé par sa fuite diabolique et abasourdi par l'aventure cruelle de son ami, s'affala sur le banc de cheminée en fixant le feu. On respecta son silence. Rosine lui enleva ses sabots qu'elle remplaça par de grosses chaussettes. Cette attention lui fit monter les larmes. Ses nerfs lâchèrent. Ce fut Marie-Jeanne qui, intuitive et courageuse, parla la première.

« Il est arrivé malheur… À Loizic ou à Corentin ? »

Il déballa toute l'histoire. En conclusion il dit ce que tout le monde avait à l'esprit :

« Il ne perdra pas sa jambe et pourra de nouveau marcher. »

Le souper fut triste. On ménagea la place de Corentin en vis-à-vis du patron avec l'écuelle et la cuillère. Les femmes, les pensées auprès du malade s'absorbèrent dans un éternel ravaudage tandis que les hommes débutèrent le tressage d'une ruche pour l'été à venir. Ils avaient fait tremper des ronces afin de les assouplir. Maintenant, ils pouvaient en extraire la moelle et lissaient l'écorce, aussi solide qu'une chaîne, qui permettrait de lier les boudins de paille et de les attacher les uns aux autres. À l'intérieur de la ruche, percée dans le bas d'une petite ouverture, ils fixèrent un cadre de bois qui supporterait les rayons. Était-ce le vent du marais ou les bruissements des arbres de la forêt qui colportaient ainsi les nouvelles ? De Saint-Rivoal à Brasparts, chaque foyer alimenta sa veillée avec l'accident de Corentin, la nouvelle alerte des loups et la malhonnêteté de Loizic. En voilà un qui pouvait se faire pendre ailleurs. C'est pourtant ce que l'on fit au loup piégé. En se rendant à l'église de Brasparts le dimanche suivant, la famille rejoignit les autres habitants immobiles auprès du chêne où les gendarmes avaient pendu le corps déjà inerte de « la bête ». C'était encore une survivance de la tradition. Celle de clouer sur la porte de jeunes mariés les pattes pour exorciser la peur et porter bonheur étant abandonnée.

Au cours de la messe, Monsieur le recteur consacra une partie de son prêche à l'événement et accompagna l'assistance dans l'incantation à saint Jean, protecteur des bergers :

« Seigneur sant Iann, nous vous prions
D'avoir pitié des bergers
Qui sont nuit et jour exposés
À être par le loup dévorés.
Nous vous prions de nous défendre.

Ainsi que notre troupeau de brebis
Contre un animal si furieux,
Dans le pays si nuisible
Qui est la source de mille malheurs
Dans tout le pays et tous ses environs.
Pour ce, donc sant Iann béni
Jetez un regard compatissant pour les pèlerins. »

Avec sa ferveur d'enfant, Rosine supplia sa mère de brûler un cierge devant la statue émouvante de Notre-Dame de la Pitié afin qu'elle guérisse Coco.

Par bonheur le ciel fut clément et la pluie épargna l'aire dont le revêtement commençait à sécher. Déjà on pensait à la réception de tous ces braves gens qui viendraient la tasser en dansant comme des perdus. Jean-Marie, qui en avait fini avec les semences depuis Pâques et avait bien vendu à la grande foire, possédait assez de sous pour envisager de cuire un quartier de veau ! Les femmes avaient contribué à remplir l'escarcelle avec le tressage des ruches et de quelques paniers, ainsi que la confection de ficelle de chanvre. Pour ne pas être en reste, Rosine s'exerçait avec ses doigts agiles, à perler un bonnet de baptême sous la conduite de Marie-Jeanne qui travaillait comme une fée. Mais le commerce serait pour l'an prochain.

À la maison on se disputait le plaisir de rendre visite à Corentin. Son état de santé alimentait les conversations à la veillée. Comme c'était au tour de François et de Rosine, Anne confectionna une galette et dit en souriant à la gamine :

« Attention au loup, petite ! Tu connais l'histoire… »

Lorsqu'ils pénétrèrent dans la maisonnette du meneur de loups, ils eurent le plaisir de voir Corentin assis sur un escabeau rembourré d'un coussin. Si le pied disparaissait sous un épais pansement de toile, son visage était reposé. Rosine se jeta dans ses bras au risque de le renverser.

« Coco ! Tu es guéri, dis ? Tu n'as plus mal ?

– Te voilà ma petite fauvette ! »

Elle sursauta en apercevant dans l'ombre Bléogat qui venait également en visite. Entourée de tous ces messieurs, elle se sentit la reine de la fête et sortit la galette de son torchon.

« Nous allons fêter la guérison de Coco ! C'est Ma'm qui a fait cela. »

Le meneur de loups n'était pas un adepte de la bouteille, mais il y a des occasions…

« Une bonne lambig, les gars ! N'est-ce pas François ? Tu n'es plus un enfant… Toi la mignonne, une liqueur de fraises de ma fabrication. »

Elle aperçut le piège confisqué par le meneur qui gisait dans un coin. Elle se souviendrait longtemps de l'odeur de fauve qui régnait dans la pièce, mais on ne parla pas du loup car personne n'avait envie d'en voir la queue. Elle vécut une heure d'enchantement. Ici on la considérait davantage comme une personne. Elle osait même se mêler à la conversation et faisait rire son entourage. Peut-être la liqueur y était-elle pour quelque chose.

« Tu reviendras nous voir ? lui demanda Corentin la larme à l'œil. Je penserai à vous le jour de l'aire neuve, continue-t-il. À moins que je puisse piétiner d'ici là… »

Il regarda malicieusement son bienfaiteur.

« Pourquoi pas sauter au-dessus du feu à la Saint-Jean ? »

Sur le chemin du retour François porta Rosine sur ses épaules mais ne fit que cinq cents mètres.

« Je n'en peux plus ! Bon sang, tu es lourde. »

Il la posa à terre. Elle comprit que son enfance se terminait et qu'avec l'aire neuve une autre vie allait commencer.

VII

L'aire neuve et « la danse du loup »

PAR-DESSUS DES MURETS, les taillis fraîchement coupés s'épaulaient. On avait dû élaguer les châtaigniers qui dépassaient les toitures des dépendances afin qu'ils retardent l'ombre sur la cour déjà humide. Bienvenue au soleil dans ce vallon isolé ! Ce matin, sa chaleur généreuse prédisait une bonne journée. Jean-Marie exerça son ouïe pour percevoir l'arrivée des amis, à défaut de les voir « descendre » des hameaux voisins. Le chemin creux qui permettait d'accéder à sa maison se resserrait par la vigueur des ronciers, l'exubérance des fougères, ainsi que celles des feuillus qui s'entrelaçaient là-haut pour accueillir les nichées.

Ils arrivèrent tous ensemble. Certains vinrent à pied en chantant, d'autres sur leur cheval. Les femmes s'étant donné rendez-vous arrivèrent dans un char à bancs qui écrasait les tiges de bourdaine au passage. Les plus jeunes riaient ou poussaient de petits cris aux moindres cahots dus aux ornières.

François se chargea de mettre les chevaux à l'attache dans le verger, au grand dam du cheval et du poulain à la vue de ces envahisseurs.

Yves, qui ne grandirait plus, étrennait un pantalon neuf et des sabots cloutés, sculptés dans l'orme par Corentin. Lui qui négligeait souvent de porter son chapeau l'avait adorné – déjà ! – d'un flot de rubans. Il riait de bonheur d'entendre les jeunes filles glousser entre elles, et les hommes se donner de grandes claques dans le dos. Henri et Anatole furent acclamés car l'un portait sa bombarde, l'autre son biniou. Ils descendaient des fermes d'en haut avec leur famille respective, en passant par les ruches et le lavoir aux abords duquel ils avaient aperçu un grand serpent ! Ce fut des « oh ! » et des « ah ! » Les musiciens prirent place devant la maison, chacun sur un tonneau. Jean-Marie le premier posa le pied sur l'aire à battre, la martela en poussant des « you ! » et invita Anne, sa compagne des bons et des mauvais jours, à ouvrir la ronde. Henri prit son souffle et fit retentir sa bombarde dont le son s'amplifia à l'angle des bâtiments. Anatole émit une courte phrase musicale qui répondit à l'instrument. Ils s'accordèrent, puis se désunir en improvisant, le biniou brodant sur son thème initial.

Le nombre des participants nécessita deux files de danseurs dont les claquements de sabots tassaient la terre et l'aplanissaient. Deux ou trois couples, recrutés par Corentin le jour de la foire, étaient des habitués de la danse de l'aire neuve. Alternativement, ils prirent la tête d'une file pour la gavotte et enchaînèrent avec le *jabadao*[1]. Rosine se tenait à l'écart pour apprendre les pas, mais Yves lui attrapa la main et l'entraîna joyeusement tandis qu'Anne en profita pour se retirer de la ronde. Elle rejoignit François qui puisait dans la barrique à l'aide d'un hanap pour remplir les pichets.

« Tu ne danses plus Ma'm ? interrogea-t-il avec étonnement.

– À chacun son âge », répondit-elle.

Dieu sait qu'elle aimait ces occasions de s'amuser tout en travaillant. Sa mère vieillirait-elle ? Ses pensées en furent assombries, déjà qu'il se sentait si bête avec les filles.

Les sonneurs rangèrent leur instrument dans la cuisine. Les danseurs essoufflés déboutonnèrent le col de la chemise pour éponger la sueur qui les inondait. Quant aux jeunes femmes, elles réprimaient d'une main sur le justin les battements d'un cœur agité.

On installa des bâches pour s'asseoir dans le verger voisin. Jean-Marie s'était donné le mal de creuser un fossé afin que ses invités y mettent leurs jambes. Deux draps posés à même le sol jouaient le rôle de nappe. On applaudit très fort les hôtes, lesquels arrivèrent chargés d'andouille, suivie du quartier de veau rôti à merveille. On trinqua à la

---

1. Jabadao : la danse du diable.

santé de Corentin, ce qui amena la discussion sur les loups. Le repas terminé, on se livra à une bataille de pommes vertes en surnombre, de la grosseur d'une noix, cachées parmi l'herbe de la prairie.

« Puisqu'on est là, si on faisait la danse du loup ? » suggéra quelqu'un.

À l'unanimité on trouva l'idée lumineuse. Il fallait beaucoup marcher pour rejoindre la pierre plate que les hommes avaient déjà martelée de leurs sabots cloutés pour éloigner les loups.

Ils semblaient infatigables, traversant le bocage en bande joyeuse. Le chemin devint sentier puis se perdit dans les hautes herbes.

« La nature est en avance et moi je suis en retard pour la fenaison ! » dit Jean-Marie.

Les autres s'accusèrent d'être dans le même cas.

« On a bien le temps de mourir ! » grogna Anatole.

La végétation s'arrêtait là où la roche affleurait parmi les bruyères et les genêts. C'est sur la lande qu'ils s'arrêtèrent. On ne riait plus.

Devant eux commençaient les tourbières où ils n'auraient pas voulu s'aventurer. Au bout de ce désert au sol accidenté, s'érigeait le Mont-Saint-Michel.

Henri, le plus « ancien », qui avait déjà pratiqué ce rite à plusieurs reprises, fit stopper le groupe.

« C'est ici. Il suffit de balayer quelques lichens. »

La pierre était-elle de granit, de schiste ou de grès ? Ils s'en souciaient peu. Les hommes se tinrent serrés sur cette grande pierre plate en se tenant par les épaules ou le bras, et tapèrent des sabots en cadence, sans chant ni musique, rappelant une averse de grêle. Puis les piétinements s'accélérèrent comme un roulement de tambour. La « cérémonie » prise très au sérieux, les visages étaient pleins de gravité. Rosine apeurée se boucha les oreilles en se collant à Marie-Jeanne impressionnée. Y eut-il un signal ? Le bruit infernal atteignant son paroxysme cessa d'un coup. Pour détendre l'atmosphère, Jean-Marie lança :

« Sûr, si un loup est dans les parages, il a pris ses jambes à son cou. Mais la danse du loup, Corentin l'a entendue là-bas… Les pieds doivent lui démanger ! C'est bien, les gars. On en viendra à bout de cette vermine ! »

Ils revinrent au hameau lentement, la fatigue se faisant sentir. Le soleil lui aussi avait rempli sa journée. Sur son rougeoiement se profilaient en ombre chinoise les monts d'Arrée. Ils disparaîtraient bientôt sous des lueurs roses effilochées.

Il fallut repasser par la ferme pour récupérer chevaux, charrette et instrument de musique. Anne, telle une femme de marin, attendait son monde, l'oreille aux aguets à la façon du chien. Ils burent un dernier verre de cidre, heureux du travail en commun, de la fête, mais surtout de leur amitié solide comme un roc, de cette fraternité qui les unissait pour un combat permanent dans ce pays merveilleux entre Diable et bon Dieu.

Rosine écrasée de fatigue fut la première à gagner le lit clos avec la promesse de Marie-Jeanne de venir l'y rejoindre sans tarder. Elles burent simplement un bol de lait ribot, ce résidu aigrelet dont on se régalait lorsque Marie-Jeanne barattait le beurre.

Depuis l'exil forcé de Corentin, François rejoignait Yves pour dormir la nuit dans la paille de l'étable. Il était en confiance avec celui qu'il appelait son petit frère. C'est à cause de lui qu'il souffrait le plus à l'idée de son départ. Le bon sens d'Yves palliait son manque d'instruction. Le peu qu'il savait du monde il le devait à François. Et sa gaieté ! Elle ensoleillait la vie. Ils savaient aussi chahuter et rigoler sous le regard parfois curieux des vaches dérangées dans leur sommeil.

Ce soir ils ne disaient rien, ayant tant chanté, trop dansé. Les yeux ouverts à contempler dans la pénombre les poutres entoilettées par les araignées où s'accrochaient des nids d'hirondelles, ils rêvaient à leur impossible cavalière déjà engagée… Le sommeil les emporta jusqu'au matin de la fenaison.

De leur côté, Jean-Marie et Anne préparaient leur nuit. Devant le foyer froid, Anne délivrée de sa coiffe brossait ses longs cheveux après s'être débarrassée d'une poignée d'épingles qu'elle posa sur la table. À sa lenteur à délacer son justin, à dénouer son tablier,

Jean-Marie pressentit qu'elle était préoccupée par quelque pensée ou qu'elle hésitait à lui parler. Il lui tendit la perche :

« Tout s'est bien passé comme tu le voulais ? Ils ont honoré le repas. Vous vous êtes conduites vaillamment les femmes. Bien sûr, c'est de la fatigue… »

Elle moucha une chandelle pour ne garder que le lumignon, et dans la demi-pénombre murmura :

« Jean-Marie, le ciel nous fait la grâce de nous envoyer un enfant. »

Il crut avoir mal entendu.

« Quel enfant Ma'm ?

– J'attends un petit », répéta-t-elle.

Ce fut la simplicité avec laquelle elle prononça ces trois mots qui le désarma. Lui qui ne manquait pas d'à-propos ne sut que dire.

En une fraction de seconde il pensa : « François va sur ses quinze ans, Rosine avec ses huit ans a quitté l'enfance, et voilà que nous repartons à zéro avec une bouche de plus à nourrir. » Il fit pourtant mine de se réjouir. Anne souriait. Alors la nouvelle d'importance l'émut. Il n'avait pas l'habitude des effusions mais il joignit les mains de sa femme pour les emprisonner dans les siennes, et son regard attaché au sien, il la rassura :

« C'est bien. Nous formerons une belle famille. Et puis… si François est toujours décidé à nous quitter, le vide sera comblé. »

Il l'embrassa et ajouta :

« Allez, va te reposer ma belle, tu dois en avoir besoin. Surtout après cette journée !

– Tu le diras aux autres ?

– Je te laisse l'annoncer à Marie-Jeanne et à Rosine. En voilà une qui va être heureuse ! Je me charge des mâles. »

Les portes du lit clos étouffèrent leurs dernières paroles.

VIII

La révélation à la fenaison

Au matin, Jean-Marie eut l'impression d'avoir rajeuni. Cette future naissance le reportait plusieurs années en arrière. Il n'avait pas oublié les deux jeunes enfants disparus lors de l'épidémie, et dans le pays beaucoup n'avaient pas été épargnés. Toutefois, sur les registres de la paroisse de Brasparts on pouvait constater le nombre important d'enfants dans la plupart des familles. Il était donc fier.

Lorsqu'il émergea de sa couche, il constata à la quasi-obscurité de la cuisine qu'il avait devancé le soleil. Il eut un sursaut lorsqu'il vit une gerbe d'étincelles dans l'âtre. Marie-Jeanne s'activait à enflammer une botte d'ajonc. Avec les crépitements elle n'avait pas eu conscience de sa présence.

Il put quelques instants admirer sa silhouette à contre-jour. À cette heure matinale, sans doute ne s'était-elle pas attardée à des frais de toilette. Vêtue de laine, de lin et de toile écrue, c'était une ravissante fille de la campagne. Aujourd'hui était un jour ordinaire. À ses gestes rapides, à sa souplesse à retirer du panier les « briques » de tourbe, on devinait sa jeunesse. Il comprit l'assiduité de Loizic ! Il enverrait la jeune fille visiter Corentin qui devait se morfondre. Lui devait sans tarder commencer à faucher. La pluie n'avait pas arrosé le pays depuis deux ou trois semaines. C'était fâcheux, mais pour les foins il fallait en profiter.

Le bruit de ses sabots fit retourner la belle. Il pensa à sa tête lorsqu'elle apprendrait la venue d'un nouveau-né !

« Tiens, voilà le maître ! Madoué, vous n'êtes pas prêt d'avoir la soupe ! J'la mets en train, mais faut que ça se fasse.

– Laisse Marie-Jeanne. Tu sors le lard, et le restant de bouillie tu le fris au beurre. Je vais chercher les garçons. Ah ! les feignants. »

Ils sortaient de l'étable en débraillé, conscients de l'urgence d'aller au travail. Yves, toujours taquin, tira sur les rubans du tablier de Marie-Jeanne en plaisantant.

« C'est de ta faute. Tu as oublié de traire les vaches, alors nous, on dort.

– Corentin n'avait pas besoin du ferraillement des seaux pour sortir de la paille, dit en riant Jean-Marie. Pour vous il faudrait le tambour du village ! »

Leurs plaisanteries firent sortir Anne de sous la couette. Quelle ne fut pas sa confusion d'apparaître

« en société » dans sa longue chemise. Ils détournèrent tous les yeux pour ménager sa pudeur, mais Jean-Marie remarqua ce qui lui avait échappé auparavant. Sa femme s'était arrondie, et sa taille alourdie ne trompait personne. À l'instant, était-il vraiment le seul à connaître l'événement, ou le dernier à l'apprendre ?

Anne se réfugia dans le bas bout où dormait encore Rosine, ses hardes serrées dans les bras.

« Si on commence à faucher à c't'heure, on est de retour au zénith », dit le maître.

Il ferma son couteau et sortit pour affûter les faulx.

Marie-Jeanne prépara la goédenn dans le chaudron pour les cochons. Anne lui prêta la main et lui annonça sans la regarder :

« La famille va s'agrandir. À Noël il n'y aura pas que l'enfant Jésus dans la crèche… »

Marie-Jeanne doutait avoir bien saisi. Elle regarda la patronne pleine d'interrogation.

« Tu as bien compris. Mon ventre abrite un petit. »

La surprise immobilisa Rosine à peine éveillée lorsqu'elle vit les femmes dans les bras l'une de l'autre s'embrasser. Elles mirent au courant la petite. Ainsi c'était chose faite. Celle-ci sauta de joie, battit des mains, couvrit de baisers le visage de sa mère. Fistoulig qui attendait sa pâtée s'excita à son tour.

On lui ouvrit la porte pour qu'il fasse ses démonstrations dehors.

Le soleil avait fait vite pour dépasser l'horizon. Le coq, celui qui donnait la note, écorcha le silence. Les autres coqs lui répondirent. La cuisine s'assombrit d'un coup par la présence de Bléogat planté dans l'encadrement de la porte. Le mois de juin ne le délestait pas de sa houppelande ni de son large feutre. Les femmes échangèrent un regard éloquent : on ne lui dirait rien ; ces choses-là, ce n'est pas aux femmes d'en parler.

« Bonjour la compagnie ! Il n'est pas là le patron ?

– Il est dans la grange occupé à préparer le matériel avec les garçons pour couper le foin qui est suffisamment mûr à c't'heure », dit Anne.

Pour confirmer ses dires, les trois hommes se dirigeaient vers l'auge pour remplir d'eau le coffin de leur pierre à aiguiser.

Ne tenant pas compte des préliminaires d'usage, Bléogat entra dans le vif du sujet.

« Salut à vous ! Deux choses m'amènent Jean-Marie. Avez-vous besoin de moi pour l'ouvrage ? Je suis votre serviteur.

– Tu es bien brave Bléogat, mais les prairies ont diminué cette année. Avec l'écobuage et le défrichement il n'en reste plus guère. Le foin sera suffisant pour deux vaches et deux chevaux, et trois bonshommes feront l'affaire, hélas… »

Il s'arrêta pour réfléchir et reprit :

« C'est dur de voir son exploitation se rétrécir malgré la peine. Mais j'ai l'espoir de repartir maintenant que je vais avoir un fils. »

Le charbonnier souleva son chapeau, sans commentaires.

« Allez, dis-moi l'autre chose. »

Bléogat, un peu sonné par la nouvelle, avait oublié.

« C'est au sujet de Corentin. Il va beaucoup mieux et se languit, mais il n'ose pas vous demander, rapport aux travaux qu'il ne peut pas encore exécuter.

– Qu'il vienne, c'est sa place chez nous. Dis-lui que demain j'attelle avec le tonneau pour venir le chercher. Le char à bancs ne passerait pas dans ce chemin de sorcières. Kenavo ! »

Dans ce vallon morcelé par les talus, les empierrements et les futaies, la prairie se divisait en trois parties, mais ils restèrent groupés. À l'habitude, le premier sillon revenait à Corentin. François le remplaça. Rosine apparut à la façon d'un korrigan. Son visage animé par la course s'entrevoyait parmi les ondulations de la chevelure. Yves l'aimait ainsi « sa petite sauvageonne », comme il l'appelait. Prudemment elle resta à l'écart. Les faucheurs accordaient leurs gestes en un ballet incessant. Elle trouvait dommage de sectionner les fleurs de la prairie. François qui connaissait beaucoup de choses lui avait appris leur nom : les silènes roses ensauvées des chemins, les myosotis bleus, les pimprenelles, les valérianes et d'autres. Des hautes herbes s'envolaient de légers papillons blancs, des sauterelles dérangées jaillissaient dans tous les sens. Parfois un oiseau dont on piétinait le nid montait droit vers le ciel.

Tout ce monde bruissait en filigrane sous les grincements des lames impitoyables. Un lapin s'échappa… La petite poussa un cri de surprise. Les hommes suspendirent leur geste et en profitèrent pour aiguiser le fil de la faulx. Son gentil sourire et le signe qu'elle leur fit de la main revigorèrent leur allant et mirent la joie au cœur.

C'était ça le bonheur.

Elle ne se lassait pas de les regarder, enivrée de la bonne odeur des foins coupés. Agenouillée, elle confectionna de petites danseuses avec des coquelicots. Ils burent une goulée et terminèrent la seconde pièce sous un soleil blanc.

Jean-Marie, satisfait, ordonna :

« On arrête. Les mains commencent à brûler et l'estomac à tirailler. On finira après la soupe, les gars ! D'ici deux jours “ils” seront secs, on pourra retourner. »

À la maison ils virent qu'ils s'étaient trompés. Une pile de crêpes remplaçait la soupe.

IX

Dure journée à la tourbière

Le lendemain, Corentin fut accueilli comme un prince lorsqu'il arriva dans la maison. Fistoulig le fêta bruyamment, intrigué par la canne inhabituelle. « Il va bien arriver à le foutre par terre ! » s'exclama Jean-Marie qui le soutenait de l'autre bras.

En pénétrant dans cette cuisine qu'il considérait comme son chez-lui, Corentin ne dissimula pas son émotion. Elle fut contagieuse car Marie-Jeanne essuya quelques larmes en voyant le pied dans un emplâtre, et Anne se racla la gorge à plusieurs reprises pour remplacer des mots de bienvenue. Elle avait confectionné des beignets comme il aimait. Il ne verrait les garçons qu'en fin de journée puisqu'ils terminaient la fenaison. Rosine leur avait porté un panier de provisions sur le coup de midi.

Corentin se prit de colère contre lui-même :

« Je suis un vieux cheval ! La première saison que je ne suis pas à la tâche. J'ai l'impression de vous trahir », dit-il en tapant du poing sur la table.

Chacun piqua du nez dans son écuelle. Il fallait le laisser décharger sa bile.

« Vous croyez que je pourrai longtemps supporter de rester comme une Ma'm goz à trier des lentilles ou tresser du chanvre ? »

Ce fut la petite qui eut le courage d'endiguer cette rage.

« Tu dois être patient, Coco. Après tout c'est un peu de ta faute de ne pas te souvenir où sont les pièges… En attendant ta guérison, je t'apprendrai à lire parce que je sais maintenant. Tu ne perdras pas ton temps, et puis tu aideras Ma'm, elle en aura besoin. »

Ce discours péremptoire amusa tout le monde, même Corentin qui, dès le premier contact, avait repéré la rondeur de la patronne. Il dévisagea Marie-Jeanne. Elle était de plus en plus jolie. Où en était-elle avec les avances de Loizic qu'elle ne semblait pas refuser ? Il s'enquit de ce « blaireau » sans en avoir l'air :

« La prime du loup, finalement, on lui a donnée à la mairie à Loizic ?

– C'est vrai que tu n'es pas au courant. (Jean-Marie vit la question grosse comme une maison.) On ne verse pas la prime avant des semaines, ça passe par le préfet. Et ça lui passera sous le nez parce que j'étais sur ses talons à la mairie et crois-moi, sa réputation est faite. »

Corentin savoura l'information comme du miel.

« Et les autres pièges, ceux de Saint-Rivoal, ça n'a rien donné ?

– Non, pourquoi ? Tu veux y mettre l'autre jambe ? plaisanta Jean-Marie. Le meneur de loups a assuré qu'on pouvait être tranquille tout l'été. Lorsque Bléogat fera sa meule, il les enfumera s'ils sont dans les parages.

– Bien fait pour eux !

– Si tu veux te reposer Corentin, nous t'avons aménagé un lit dans l'étable. Une sorte de chambre si tu veux, dit avec maladresse Jean-Marie qui s'attendait à des protestations.

– Vous faites trop pour moi, mais je me rattraperai.

– On compte bien », dit Jean-Marie en riant. Il le soutint pour lui montrer sa nouvelle installation.

À l'entrée de l'étable, un petit escalier rudimentaire menait à une plate-forme parquetée où s'entassaient auparavant des sacs de grain. Depuis longtemps il avait l'intention de déménager cet engrangement dangereux pour la sécurité. Combien d'incendies avaient ravagé en quelques instants bâtiments et bestiaux à cause des grains qui fermentaient !

Un bâti de bois encadrait un matelas bourré de paille et son accoutrement. Appuyées sur les poutres de la charpente, des étagères permettraient un semblant d'intimité. Corentin ne trouvait pas ses mots mais ses mains qui caressaient l'édredon de percale rouge remerciaient pour lui.

« Le plus dur ce sera de grimper l'escalier, mais Yves t'aidera. François également puisqu'il a pris asile ici. Ah ! j'te jure, les bêtes sont bien gardées… À moins que ce ne soit le contraire. Allez, repose-toi. Lorsque Marie-Jeanne rentrera les vaches de la pâture pour la traite, elle te ramènera à la maison. Il faudra aussi qu'elle te soigne. Il paraît que tu veux danser à la Saint-Jean ! »

Ce fut un temps béni pour Corentin, celui de sa convalescence : ces instants de bonheur où Marie-Jeanne l'épaulait avec tant de patience pour gagner son perchoir ; ces instants où il lui disait « bonsoir » en gardant sa main qu'elle lui abandonnait. Sans doute il divaguait. Peut-être était-ce par pitié qu'elle se montrait si gentille avec lui ? Elle devait ressentir du dépit devant l'attitude de Loizic et se rendre à l'évidence qu'il n'était pas intéressant. Il était prêt à la consoler, même sans rien en attendre.

Les foins rentrés, tout le monde apprécia la pluie bienfaisante. Ce matin-là, le ciel bleu nettoyé de la moindre grisaille, ils s'interpellèrent les uns les autres pour « partir au charbon » comme ils disaient.

La soupe avalée, les bêtes soignées, les hommes y compris Bléogat entassèrent dans la charrette les houes, les bêches, les marres, et des chiffons pour travailler à la tourbière, ainsi qu'une copieuse collation afin de reprendre des forces. Pour la première fois, Anne fut dispensée et ferait la lecture avec Rosine, ainsi que Corentin tenace dans sa résolution d'apprendre à lire.

La jeunesse, gaillarde et insouciante, accompagnait la charrette. Jean-Marie et Bléogat devisant sérieusement allaient d'un pas plus lent. Ils se considéraient comme les témoins de ces grands « chambardements ». La physionomie du paysage changeait sous leurs yeux. Les parcours de transhumance disparaissaient. On avait déboisé avec excès depuis quelques années. Les hêtres en étaient les premières victimes. Les cultures progressaient : le sarrasin, le seigle, la pomme de terre. Le froment continuait d'être un luxe.

Maintenant ils voyaient se planter des pins !

Arrivés au pied de la montagne Saint-Michel, ils reconnurent le lot de tourbière qui leur était dévolu. Jean-Marie avait connu l'époque où chaque famille pouvait extraire n'importe où pour sa consommation personnelle, et il se souvenait des fréquents différends entre fermiers et propriétaires.

Ils laissèrent sur le chemin la charrette par crainte de l'embourbement. Yves distribua les outils, la marre la plus légère pour Marie-Jeanne qui pourtant travaillait comme un homme. Ils pataugèrent en traversant la partie humide dont on ne savait plus s'il s'agissait d'une source ou d'un sentier inondé.

« On commence par le bas ! commanda le patron. Vous entendez les garçons ? Ils sont toujours à rigoler ces deux-là ! Ne découpez pas à plus de douze centimètres de profondeur, juste la largeur de la pelle, sinon c'est trop long à sécher. »

Ils se mirent en ligne et découpèrent la première couche herbeuse qui servirait à la cuisson pour les bêtes. À d'autres endroits, ils disposaient cette première couche sous leurs pieds pour être au sec. Jean-Marie remplaça le pauvre Corentin qui chaque année se chargeait de ranger les blocs au bord de la parcelle. En séchant, ils rétréciraient et dans une quinzaine, on les retournerait. Au soleil de faire le reste avant de les mettre en sacs.

Ils n'étaient pas seuls sur le marais. D'autres familles éparpillées travaillaient pour leur compte. Parfois un groupe d'ouvriers s'échinait des journées entières pour une exploitation.

Ils rentrèrent eux-mêmes harassés mais satisfaits de la besogne vitale pour la communauté.

À l'anneau scellé dans le mur à l'extérieur de la crèche, un cheval à l'attache annonçait la présence d'un visiteur. Chacun craignit en son for intérieur la venue de Loizic. Il en était bien capable. Jean-Marie fut rassuré lorsqu'il aperçut, attablé devant une bolée de cidre, son cousin Louis de Commana.

« Il allait s'en aller, dit simplement Anne.

– Tu me fais peur, cousin. Pas de mauvaise nouvelle, j'espère ? Je suis crevé, dit Jean-Marie en s'écroulant lourdement sur le banc.

– Je tenais à t'apprendre qu'un loup a été pris cette nuit dernière dans mon piège, au bois de Kerbélou à la Feuillée.

– Eh bien, ça s'arrose, compère ! » Anne se précipita pour servir à boire à son homme.

« Ce n'est pas si simple. Il s'est coupé une patte lui-même pour se libérer… et il est parti.

– Il n'ira pas bien loin et il sera facilement repérable. »

Rosine délaissa la broderie de son bonnet et alla se cacher le visage dans le tablier de sa mère qui reprocha aux deux hommes de raconter des horreurs devant la fillette.

« Tu es brave d'avoir fait tout ce chemin pour m'avertir. J'en informerai les autres ; ils rangent leurs outils. La mère a dû te dire qu'on a travaillé à la tourbière ?

– Oui. Comment se chauffer et cuire, sinon ? Et c'est gratuit pour une fois. En parlant d'économie, tu te souviens qu'il y a environ cinq années, j'ai fait sceller un manège en bois sur mon aire à battre ? Aujourd'hui je pense sérieusement, avec les propriétaires du pays, acheter une batteuse à vapeur. (Il fit une pause.) Qu'est-ce que tu penses de ça ?

– Je n'aime pas les changements. Après, on revient aux vieilles méthodes qui ont fait leurs preuves…

– Il faut faire le calcul, Jean-Marie. Plus besoin de nourrir des chevaux…

– Tu tireras la herse et tu t'atteleras pour te rendre à la foire ?

– Je ne supprime pas les chevaux et les bœufs d'un seul coup, mais faut voir… »

Louis prit congé, laissant Jean-Marie bien perplexe devant ces nouveautés d'un autre monde.

X

Veillée à la ferme d'en haut

CE FUT UN BEAU MOIS de juin sans histoire. Anne avait dû rallonger les cordons de son tablier. Elle refusait toute aide, affirmant qu'attendre un enfant n'est pas une maladie et qu'elle se sentait en pleine forme ! On surprenait souvent Corentin à s'entraîner à marcher à son rythme dans les « fossés » desservant la ferme, ou s'activer à entasser des fagots pour donner de l'exercice à son corps trop longtemps endormi.

Après la messe du dimanche à Brasparts, tandis que Jean-Marie et Yves mouillaient leur gosier à l'auberge de Philomène, et que les dames honoraient leurs morts au cimetière, François avait de longs entretiens avec le recteur dans la sacristie. Depuis son annonce d'entrer dans les ordres, personne n'avait fait allusion à son vœu. Si la mère en remerciait le Seigneur, Jean-Marie, en y pensant, s'arrachait le cœur. Quant au beau Loizic, il avait quitté le pays de son plein gré. C'était du moins la version officielle. En réalité il avait trafiqué avec un meunier (qui n'ont déjà pas bonne réputation) dans une histoire de farine charançonnée qu'il avait réussi à vendre sur le marché. La magouille ayant été éventée, le meunier se vit couper les ailes et le voyou obligé de prendre ses jambes à son cou.

On pourrait s'imaginer Marie-Jeanne au désespoir ? Au contraire. Elle se sentit libérée. Le destin avait choisi pour elle. Choisi ? Elle ne savait pas encore si la tendresse de Corentin ressemblait à l'amour, mais avec lui elle se sentait en sécurité. Sa prévenance était attendrissante. À force de volonté il reprenait du service et déchargeait les femmes de besognes qui à l'ordinaire leur revenaient. On ne pensait plus au loup. On avait même mis en attente tous les pièges – mâchoires serrées – dans les débarras des mairies.

Un seul souci préoccupait fort la famille : l'argent.

Les blocs de tourbe enfin secs, empilés dans la remise à deux pas du four à pain, le foin entassé au grenier, Jean-Marie put se passer un temps des services de Bléogat, ce qui économisa ses gages. Corentin, avec son titre de grand valet, n'exigeait rien, compatissant à la situation. Quant à Yves, il s'en fichait pas mal, satisfait de recevoir quelques sous pour boire un coup à la sortie de la messe. Pourtant, sa chemise de chanvre donnait des signes de faiblesse, et la semelle de ses sabots menaçait de ressembler à une passoire ! Et pas question de chausser les sabots sculptés par Corentin pour courir les guérets !

Si Jean-Marie avait attiré la bienveillance de saint Isidore lors des Rogations, la moisson permettrait de porter au moulin en suffisance pour la maison et pour le marché. Il fallait également patienter pour vendre six porcelets. Au printemps, la truie avait mis au monde une dizaine de pourceaux dont elle avait écrasé un spécimen en dormant, et un autre malingre et pas malin qui, n'ayant jamais accédé à une mamelle, bousculé et laminé par ses frères, avait succombé. On se gardait les rescapés qui seraient engraissés de goédenn pour finir au saloir, et réjouir la famille et les amis à la fête du cochon et à la fête du boudin. Le lard enrichirait parfois la soupe lors des grands travaux.

Il s'encouragea à penser également à la récolte du miel, puis de celle des pommes de terre, et à l'automne à une avalanche de pommes à en croire les bouquets de neige du printemps !

Après le souper il partit donc rasséréné avec la famille chez Henri et Louise pour la veillée où ils retrouveraient Anatole et les siens. Dette de reconnaissance puisqu'à leur tour les fermes d'en haut avaient reçu le soutien de Jean-Marie dans divers travaux des champs. Comment tenir le coup sans l'aide du voisinage ? Là on venait pour s'amuser. On oublierait les soucis d'argent, communs à tous.

Corentin marchait en tête du cortège, prouvant aux autres les fruits de sa rééducation malgré une légère claudication. Il avait refusé l'appui d'une canne. Marie-Jeanne marchait derrière lui, attentive à ses pas sans en avoir l'air.

Une douce chaleur s'exhalait encore des blés qui s'étaient gavés de soleil au long de la journée. Il était doux à l'oreille, ce crépitement des grains qui éclataient. Jean-Marie par habitude regardait souvent le ciel dont les caprices pouvaient jouer des tours. Anne dans ses rondeurs portait sa promesse avec bonheur. Elle avançait en chantant, accompagnée au refrain par François dont les trilles dérangeaient les sauterelles.

Ils prirent le chemin creux qui sentait le chèvrefeuille, plongés soudain dans un labyrinthe de fraîcheur. Au sommet des talus, les châtaigniers et les chênes têtards rendaient impossible la visibilité sur les champs clos ou la lande.

« Demain nous chargerons les ornières, les gars », édicta Jean-Marie.

Bien sûr il s'adressait à Yves et François, mais Corentin répondit :

« Présent, patron ! »

Personne n'osa le contredire. Ce n'était pourtant pas un travail de tout repos. À chaque pluie les ornières se creusaient à devenir mares boueuses, véritables rus ne facilitant pas les charrois, encore moins la marche à pied effectuée par obligation au bord des talus. Le nivelage devait être fait avant la moisson pour le passage de la charrette.

Fistoulig, qui aurait dû garder la ferme, avait passé outre. Il semblait si heureux de gambader puis d'enfouir soudain le museau dans un terrier sur les traces d'un campagnol ou d'une musaraigne, que l'on interdisait point sa compagnie.

Aux abords du douet il s'immobilisa en aboyant à coups de gueule répétés. Le cadavre d'un garenne, gonflé par sa funeste baignade, flottait sur le bassin. Tandis que les femmes se détournaient, Jean-Marie à l'aide d'une badine fourchue déposa l'objet de leur dégoût sur une pierre plate.

« Approchez les garçons ! Ce garenne a été égorgé mais il a encore eu la force de se traîner pour mourir dans l'eau. »

Les autres hochèrent la tête d'un air entendu.

« Oh, je vois bien à quoi vous penser ! Si c'était un chien, il l'aurait récupéré à la nage… alors, c'est un loup.

– Un loup maladroit, c'est rare, murmura François.

– À moins que ce soit un loup blessé. Par exemple un loup à trois pattes… » ajouta Corentin toujours subtil.

On écarta la charogne au désir de Fistoulig.

À quelques mètres de la ferme d'Henri, une bonne odeur de crêpes beurrées leur souhaita la bienvenue. Pour la circonstance les invités avaient revêtu leurs beaux habits. Rosine avait fait un caprice pour mettre sa nouvelle coiffe au lieu de son bonnet. Le petit Jacques en fut si intimidé qu'il ne proposa pas de jouer, comme si d'un coup la fillette était passée chez les grandes personnes, ce qu'il considéra être une traîtrise.

On mangea, on but, on parla à s'en couper la parole. Les femmes, qui pour une fois n'avaient pas apporté d'ouvrage, parlaient entre elles avec les mains pour ne pas déranger les hommes.

Bien sûr on supputa sur les derniers loups et ceux à venir.

« J'étais décidé pour la battue, regretta Anatole.

– Ce n'est plus la saison. Il faut remettre à la fin de l'hiver prochain, lorsqu'ils sortent parce qu'ils sont affamés », ajouta Henri.

Ils parlèrent des nouvelles parcelles que seuls les riches pouvaient s'octroyer, et de l'amendement de la terre en calcaire.

« Le rendement est paraît-il bien meilleur ! » commenta Jean-Marie.

On voyait des charrettes entières venir de la côte. Ils envisagèrent, à la prochaine foire, d'acquérir ensemble un tarare au lieu du van qui envolait la paille mais aussi trop de temps.

Tandis que la maîtresse du logis, les pommettes hautes en couleur à cause de la chaleur, s'évertuait à étaler sa pâte sur la crêpière, le corps, semble-t-il, absorbé par le foyer, les femmes servaient leur époux à l'appétit insatiable. Les enfants s'éloignèrent avec leur provende et s'installèrent sur un oreiller de paille, dérangeant un chaton quémandeur qui leur mordilla les doigts. Le petit Jacques, sans doute excité par le jus de pomme, se mit à faire le singe. Plus Rosine riait, plus il inventait de nouvelles grimaces. Ils se calmèrent lorsque Henri tira de sa cornemuse des airs qu'ils chantèrent ensemble. Malgré le bruit, chacun perçut des coups frappés à la porte. Henri se leva de mauvaise grâce. Il n'aimait pas beaucoup cette visite inopportune et inattendue.

C'était une femme, peut-être jeune, qui l'aurait dit ? Elle offrait la vision du désespoir. Le teint gris, les yeux agrandis par les privations, enveloppée d'un châle effrangé par la misère, elle se tenait figée, comme éblouie par le feu de l'âtre. Son enfant de quatre ou cinq ans au regard triste, à la bouche qui n'avait jamais su rire, logeait sa menotte dans la main de sa mère pour partager son destin avec résignation.

Il se fit un grand silence. Depuis quelques années les mendiants se faisaient de plus en plus nombreux. Avant la disette, certains tentaient leur chance vers la ville. Ils n'avaient rien à abandonner… Il fallait attendre le mois d'août pour espérer être embauché comme journalier. Ces malheureux-là, d'où venaient-ils ?

Louise les fit entrer, le cœur chaviré. Dehors à cette heure sans avoir de toit pour dormir ! Les refuser porterait malheur…

La femme au bout de sa fatigue eut un malaise. Marie-Jeanne s'employa à la ranimer. On les fit asseoir sur le banc-coffre et personne n'aurait osé questionner. Rassasiée et si discrète la femme voulut partir, le petit garçon docile habitué à suivre.

« Henri, conduis-les à l'étable. Ils ont grand besoin de repos », dit Louise.

De retour, il reprit sa musique. Les chants se firent plus doux, plus nostalgiques, comme pour bercer les pauvres de la crèche.

Lorsque Louise se rendit à l'étable au lever du soleil, la mendiante et l'enfant avaient disparu. Seul un creux dans la paille, à peine perceptible tant les corps étaient légers, indiquait la place de leur sommeil. Un mouchoir de baptiste placé en évidence tissait les mots de la reconnaissance.

XI

La fête de la Saint-Jean

JEAN-MARIE ! JEAN-MARIE ! Yves entra affolé dans la cuisine sachant le patron attablé devant une bouillie d'avoine. On laissait la porte ouverte pour faire pénétrer le premier rayon de soleil. « Te voilà comme un fou à gesticuler. Qu'est-ce que tu annonces comme catastrophe ?

– J'portais le chaudron de soupe à la truie. À l'entrée de la soue j'vois un porcin les pattes en l'air. Crevé, patron. Ce n'est pas naturel, j'en ai fait un signe de croix… »

Jean-Marie examina l'animal, lui soulevant la paupière, palpant le ventre. La langue ne sortait pas comme dans le cas d'un étouffement. On l'enterra sous le tas de fumier et Jean-Marie contrarié et silencieux revint terminer son repas. Cette histoire ne lui plaisait pas du tout. Trois gorets, c'était beaucoup !

« Personne n'a pénétré dans la porcherie ces temps-ci ? » s'enquit Jean-Marie.

Corentin, gêné, avoua la visite récente du meneur de loups qui avait promis qu'il prendrait un jour de ses nouvelles.

« Tu ne nous l'as pas dit ? Toi non plus la mère ? »

Pour mettre Anne en dehors de toute histoire, Corentin reprit :

« On ne doit pas penser à mal, mais il a demandé à visiter l'étable, l'écurie, mon perchoir, et tout quoi. Il n'était jamais venu, il s'amusait à découvrir.

– Je n'aime pas ce bonhomme. Il a des pratiques maléfiques, dit Jean-Marie.

– Sans lui je ne serais pas là. Combien de temps j'aurais mis à rendre l'âme ! et dans quelles souffrances ! justifia Corentin.

– Tout le monde sait qu'il a commerce avec les loups. Sans doute avec le Diable… Quand il a été coffré par les gendarmes, peut-être qu'il m'accuse de l'avoir donné, dans sa petite tête ? »

Anne qui égouttait du caillé intervint pour donner raison à son homme : « S'il a jeté un mauvais sort, il faut faire exorciser par le recteur.

– Vous allez vite en besogne, eut le courage de dire Marie-Jeanne qui d'ordinaire gardait pour elle ses réflexions. C'est un homme brave, incapable de faire pareille chose. »

Corentin la remercia du regard.

« On n'est pas obligé de dire au recteur de qui on se méfie ! Perdre les gorets les uns après les autres, c'est la même chose qu'une bourse percée. Ma'm, fais venir ton bonhomme avec son goupillon.

– Je ne vais sûrement pas me précipiter au bourg, marmonna Anne. Le recteur, je lui parlerai bientôt, au soir de la Saint-Jean. »

Jean-Marie se leva. L'incident était clos, mais Marie-Jeanne et Corentin qu'elle accompagnait chaque soir à son lit (plus par habitude que par nécessité) commentèrent la chose.

« J'ai l'air pétri d'ingratitude. Il m'a traité comme un frère, dit Corentin. Cet homme n'a pas intérêt à se faire remarquer, il a déjà goûté des gendarmes... C'est un solitaire. Quelle idée cette histoire de jeter un sort. Qu'on lui foute la paix ! »

Au moment où Marie-Jeanne descendait les premières marches, le patron franchissait la porte de l'étable pour remettre en place l'écrémeuse. Ayant entendu la dernière phrase, il explosa :

« Alors comme ça, vous me prenez pour un imbécile. J'ai bien examiné les cochons, ils ne sont pas MALADES ! On ne serait pas les premiers à être victimes d'une sorcellerie. Personne n'a parlé de faire du mal à votre protégé, vous n'avez rien compris. Tiens, j'aime mieux m'en aller ! » Sa rage se devinait aux claquements de ses sabots.

Corentin passa la tête par l'ouverture de son plancher, retint la main de Marie-Jeanne sur la rampe.

« Eh bien ! vous allez passer une joyeuse soirée avec le patron en pétard. Tâche de lui servir une rasade d'eau-de-vie pour le dérider. Moi je ne redescends plus. Je me réserve pour demain soir la Saint-Jean. »

Elle ne dégagea pas sa main. Il avait gagné un point.

Le lendemain, contrairement à ce qu'il pensait, le patron n'avait pas digéré la contradiction. Sa mauvaise humeur assombrissait tout le monde. François et Yves, décidés à se tenir à l'écart de l'affrontement et n'ayant pas d'opinion au sujet de l'hécatombe chez les cochons, préparaient gaiement quelques fagots pour le bûcher. Chaque année celui-ci se dressait sur une hauteur à environ une lieue de Brasparts. L'événement avait son importance, juste avant la moisson, réunissant autour du feu les paysans, les gens du village, sans oublier les notabilités.

Ils partirent en char à bancs avec le bois et une peau de mouton que l'on poserait sur une pierre ou une bûche pour asseoir Anne dont cette grossesse la faisait souffrir du dos.

Rosine jouait à s'épouvanter dans le chemin creux en ce début de nuit. Un craquement dans les branches, le jaillissement soudain d'une chevêche, le hululement d'une chouette la faisaient tressaillir. Chaque trou d'ombre dans la futaie lui faisait imaginer un loup à l'affût prêt à sauter à la gorge du cheval. Elle se souvenait des histoires terrifiantes du meunier et de la chiffonnière. Au débouché du chemin c'était à chaque fois l'impression d'une naissance. Isolée dans le hameau, la famille abordait l'effervescence du rassemblement avec un brin de timidité, comme si elle pénétrait par effraction. Caracolant à dos de cheval, en charrette, ou poussant une brouette chargée de fagots, ils venaient de tous les horizons, le point de ralliement étant le mât planté au sommet de cette colline d'où le feu pourrait être admiré des hameaux voisins.

Le bûcher déjà s'amorçait. Les vieux, qui connaissaient par cœur la chanson mais n'en étaient cependant pas blasés, se tenaient assis par terre, à bonne distance toutefois. Chacun contribuait à faire monter la pyramide.

Yves et François, lestes comme des furets, eurent tôt fait de se joindre à la jeunesse pour mettre de l'ordre dans ce capharnaüm, démantelant une vieille chaise, écrasant une cagette à poule. Un enfant, pour avoir trop grandi, sacrifia son cheval de bois, tandis qu'une vieille femme apportait en offrande une paire de sabots usés.

Le recteur apparut enfin avec sa bénédiction et désigna un de ses fidèles qu'il se souvenait avoir baptisé Jean. Celui-ci mit le feu au bûcher qui s'enflamma comme une torche. Outre deux fagots d'ajonc, Jean-Marie avait amené quelques rondins du noisetier qui descellait son muret.

Anne avait casé, à son insu, dans la carriole, une pierre pour réchauffer les défunts.

Le premier embrasement eut lieu dans le recueillement et l'on chanta de belles complaintes, même des cantiques ; puis la fièvre s'emparant de l'assemblée, on passa aux chants profanes en dansant autour du feu. À l'heure des étoiles, les flammes s'endormirent. Alors les garçons avec de plus en plus d'audace sautèrent au-dessus des braises, y compris Corentin qui s'était juré d'épater son monde. Certains poussaient des sons étranges… Ne devaient-ils pas tenir à leur réputation de bons chanteurs, ces « montagnards » des monts d'Arrée ?

Les vieux s'évanouirent dans la nuit les uns après les autres pour regagner leur lit, laissant la place à la jeunesse endiablée. Avant l'éparpillement, un notable mit les futures cendres aux enchères, au profit de la paroisse. L'heureux acquéreur en prendrait possession le lendemain à l'église. Mélangée à la semence, elle rendrait au centuple au moment de la récolte ! Jean-Marie joua les rabat-joie en battant le rappel, au contentement d'Anne qui n'en pouvait plus de sa position inconfortable. Elle avait réussi à demander au recteur l'exorcisme chez elle.

Dans les yeux de Rosine dansaient encore les lueurs du feu de la Saint-Jean.

XII

Maléfices sur la chaumière

QUE LES FORCES DIABOLIQUES se soient infiltrées par le pouvoir d'un inconnu dans la porcherie, le recteur et un assistant à grand renfort de litanies et d'eau bénite rassurèrent Jean-Marie et son épouse. Yves, auparavant, avait eu mission de laver à grande eau les écuries d'Augias. Deux semaines plus tard les gorets rondouillards à souhait avaient pris le chemin de la foire sous la houlette du patron en personne. Il pouvait enfin régler ses comptes et prétendre à embaucher de nouveau Bléogat pour la moisson. Où traînait-il ses guêtres celui-là ? Charbonnier, bûcheron, ouvrier agricole, son éventail professionnel l'envoyait le plus souvent au plus profond des bois. C'est chez Philomène que Jean-Marie lança son avis d'embauche à son adresse. Le message fut transmis à la vitesse d'une araignée dans sa toile. La journée s'annonçant chaude dès le matin, on avait tenu fermée la porte de la maison afin d'y conserver la fraîcheur. Anne, qui avait renoncé à ranimer le feu recouvert de mottes au moment du coucher, descendit du plafond la cloche d'osier protégeant une vingtaine de crêpes. Servies froides avec un bol de lait, personne n'y trouverait à redire.

Ils reconnurent le pas lourd de Bléogat ponctué du frappement de son gourdin. Rosine, familiarisée avec l'homme à la chevelure rouge, lui sauta dans les bras.

« Ah ! ma coquine. Il ne pleut pas ces temps-ci. Qui t'arrose pour que tu grandisses si vite ? » s'exclama « le sauvage ».

La petite qui ne manquait pas de répartie lui répondit que ses jambes avaient séjourné dans la Douphine à la pêche aux écrevisses avec Yves.

« Tu ne serais pas un peu braconnier comme moi ? »

Elle égrena un rire qui lui creusa deux adorables fossettes.

« Assieds-toi, dit le patron à Bléogat, et mange sans façon. Les mouches piquent, le fumier s'échauffe et fait parler de lui jusqu'aux lits clos, ça annonce l'orage, grand Dieu ! On prend les faucilles demain au lever du jour, les gars.

– Alors, j'arrive trop tôt ? hasarda le charbonnier.

– Tu as raison. Pas de temps à perdre, on commence maintenant ! » dit Jean-Marie avec décision en fermant son couteau.

Son regard circulaire embrassa les garçons pour s'arrêter sur Corentin.

« Avec tes acrobaties au feu de la Saint-Jean tu as gagné ton pari. Ta patte folle, c'est un mauvais souvenir. En tant que grand valet, à toi l'honneur de choisir la coupe et d'attaquer la fauche. »

Corentin rougit de bonheur. Son regard reconnaissant glissa sur celui de Marie-Jeanne.

Les hommes, après avoir aiguisé leur faucille et rassemblé le matériel, étaient sur le départ lorsqu'une silhouette apparut sur le chemin. Jean-Marie qui le reconnut le premier n'en crut pas ses yeux.

« Voilà cet avorton de Loizic ! Il a un sacré culot de refaire surface… »

Nullement embarrassé – à ce qu'il sembla –, l'avorton en question salua la compagnie un joyeux sourire aux lèvres et la main franchement tendue.

Les femmes inclinèrent la tête poliment et rentrèrent dans la maison.

« Tu viens nous faire tes adieux parce que tu pars à l'armée ou tu viens nous annoncer que tu te maries ? questionna Jean-Marie.

– J'ai appris chez Philomène que vous cherchiez de l'embauche. Alors si vous voulez de moi, malgré ce qui s'est passé…

– On ne se souvient plus de rien ; c'est de l'histoire ancienne. »

Il fit une pause.

« C'est bien de te présenter, mais Bléogat t'a devancé. Comme tu le vois on est assez nombreux. Je n'ai pas les terres de Monsieur le comte ! Rentre à la maison, les femmes te serviront une bolée pour te rafraîchir. Kenavo ! »

Lorsqu'il pénétra dans la cuisine, Marie-Jeanne ne put réprimer un sursaut. Quant à la mère, elle s'efforça d'être aimable. Leur froideur en aurait fait déguerpir plus d'un ! Ce fut Rosine qui sauva la situation. Appliquée, tirant la langue, elle repassait avec le fer à braise une guimpe sous l'œil critique d'Anne qui ne perdait de vue aucun geste maladroit. Le garçon fit semblant d'être captivé par l'opération et évoqua sa mère aux soins de sa coiffe. Marie-Jeanne aux tisons surveillait la soupe qu'elle porterait à midi aux travailleurs.

Aux coups frappés à la porte, les femmes s'interrogèrent pour savoir laquelle des deux se dérangerait. Les aboiements de Fistoulig couvrirent les palabres de la jeune fille.

Intriguée, Anne sortit, suivie de la petite qui posa son fer sur le trépied.

C'était un colporteur, plutôt connu dans la région en tant que barde pour ses histoires fantastiques mêlées à des pamphlets où il mettait en cause certains de ses contemporains. Drôle, sauf pour l'intéressé ! Il savait être poétique et faisait pleurer les dames, le plus fort de sa clientèle. Dans sa « boîte de Pandore » tenue sur le ventre, se mêlaient dentelles, rubans, épingles à cabochon, mais aussi prières et sonnets copiés de sa main d'une si belle écriture que certains le surnommaient « le scribe ». Entouré des trois femmes, il se mit en frais de compliments. Il soldait un almanach coloré et promit à Rosine une image provenant de Lourdes ! Oui, Lourdes ! Quant à la jolie servante, ses yeux choisissaient des merveilles. Anne l'autorisa à prendre ces jarretelles convoitées qui lui éviteraient de remonter ses bas cent fois par jour.

« Allez, je te prends l'almanach. Il est correct j'espère ? Pas de polissonnerie ? »

Le bonhomme s'en défendit avec ses deux mains ouvertes.

« Les jarretelles aussi, qui plaisent bien à “ma” fille. On emmènera pas les sous avec nous. Le Seigneur nous veut tout nus ! »

Anne disant cela pénétra dans la maison où Loizic était sagement attablé, sortit du vaisselier une soupière en faïence jaunie par l'âge, et délesta le magot de deux pièces d'argent.

Marie-Jeanne murmura un remerciement à sa généreuse patronne. Rosine prit son temps pour choisir son image, celle où la bonne Vierge semblait lui sourire.

« Entrez pour vous reposer, saint homme, proposa Anne.

– Bénédiction sur votre maison mais je suis attendu. Pour vous dire merci, dit le barde, je vais vous réciter un pamphlet composé cette nuit même :

« Par la nuit sans lune pour agrandir son champ
Le jaunet de la Noue a déplacé la borne
Me l'ont dit la chouette et le chat-huant.
Au malin grigou poussera des cornes
Dans l'au-delà sera pas si fier,
Éternellement portera la pierre.
La la ler, la la ler. »

Pas difficile d'identifier le voleur. Elles rirent de bon cœur, saluèrent le bonhomme et s'apprêtèrent à reprendre l'ouvrage délaissé un temps. Loizic prêt à partir, dressé comme un coq au centre de la cuisine, lança :

« Vous riez ? J'espère que ce n'est pas moi qui fais les frais ? Vous direz à Jean-Marie que son cidre est bon mais qu'il ne compte pas sur moi pour le ramassage des pommes. Il me prend assez pour une poire ! »

Les femmes demeurèrent clouées sur place par tant de grossièreté. Anne prit le balai d'ajonc et balaya le seuil pour effacer l'offense en espérant être vue du galapiat. Elle eut le temps de maugréer, de soliloquer, lorsque Marie-Jeanne et la petite s'absentèrent pour porter le repas des travailleurs. Elles prirent à travers champ, levant des sauterelles, coupant la trajectoire d'insectes bourdonnants. La proximité de la fontaine cachait sans doute dans les herbes de fins serpents insidieux et mortels… Parfois, le pas s'écartait pour éviter une fourmilière dont les habitants auraient vite fait de grimper à la jambe.

Sous un soleil implacable, ils étaient à l'ouvrage. Seuls les torses émergeaient des blés, disparaissant à tour de rôle comme les chevaux de bois qui installaient leurs couleurs féeriques au bourg une fois l'an. À la coiffure, les filles reconnaissaient chacun. Certains nouaient un mouchoir, d'autres arboraient un chapeau de paille bordé d'une ganse de velours noir. Le plus curieux, c'était le couvre-chef d'Yves : une casquette ! Venait-elle de la marine ? « On en voyait en ville ! » s'enorgueillissait-il.

Ils cessèrent d'un coup leur travail à l'arrivée de leur repas. Elles remarquèrent les chemises mouillées des moissonneurs et leurs gestes à tous d'éponger le front et la nuque. Ils burent à la régalade en laissant s'écouler des filets d'eau dans l'échancrure de leur chemise pour rafraîchir leur peau brûlante.

C'était un champ clos. Ils s'assirent les uns à côté des autres le long de la haie qui allongeait sur l'herbe un étroit ruban d'ombre dentelée.

On ne parlait jamais pendant l'ouvrage. C'était trop sérieux ! Et qu'aurait-on pu se dire… Chacun suivait des yeux les gestes de Marie-Jeanne. À la maison, ils ne la remarquaient pas. Elle glissait d'un ouvrage à l'autre, résignée mais heureuse de faire plaisir. Là, elle prenait l'allure d'un chef. Il fallait la voir couper le pain et y coucher les tranches de lard, faire circuler le cidre et rationner les goulus ! Rosine pour la première fois la secondait. Comme s'il s'agissait de savants calculs, elle s'évertuait à couper équitablement une galette tant beurrée que ses petites mains grasses luisaient au soleil.

Ne tenant pas en place, Yves allait de l'un à l'autre, chipant un chapeau de paille pour faire le rigolo, glissant une sauterelle dans le cou de Rosine qui se trémoussa en secouant son jupon avec des cris perçants.

Maintenant ils parlaient, histoire de dire des bêtises. Jean-Marie les aimait comme ça, les gaillards de sa tribu. On peut dire qu'ils formaient une bonne équipe ! Profitant de l'absence de la fillette qui s'était réfugiée derrière la haie à la recherche de la sauterelle, ce fut lui qui rappela l'aventure un peu leste du mari cocu revenu trop tôt chez lui à cause de l'orage, surprenant sa femme avec le palefrenier au lieu de faire ses confitures.

« Vous vous souvenez d'Ernestine, les gars ? dit Jean-Marie. Quelle croupe ! C'est bien ce qu'il s'est dit le palefrenier. L'histoire ne dit pas s'ils ont eu de la confiture, mais le mari a été déconfit et l'Ernestine a dû avoir la pâtée ! »

Le retour de la petite, délivrée de la bestiole, fit cesser les quolibets. Chacun aiguisa sa faulx avant de se remettre à l'ouvrage. Les filles avalèrent un morceau. Avec le privilège de l'âge, Rosine s'abandonna à des jeux. Elle fabriqua de petites danseuses avec des boutons de coquelicot. Quant à la jeune fille, elle prit la faucille et termina les bouts de sillon et les butées où la faulx avait fait grâce aux blés. À sa façon de saisir un bouquet de tige d'une main et de le sectionner de l'autre, Rosine l'imagina tordant le cou d'un canard.

À la maison, le tableau était loin d'être idyllique. Dans le silence de la cuisine, seules quelques mouches agaçantes secouaient Anne de sa prostration. Enfin seule, elle avait mis de l'ordre dans ses précieux papiers ainsi que dans ses comptes. En septembre il fallait payer le fermage et sans doute envisager un trousseau pour François. Peut-être même une pension au séminaire ? Elle s'empara de la soupière « en faïence jaunie par le temps », et constata horrifiée qu'elle était vide, mis à part quelques sous troués, abandonnés là comme une aumône. Le sang lui quitta le corps. Elle s'appuya au vaisselier, les jambes l'abandonnant. « C'est pas Dieu possible, répétait-elle, seulement qui ? seulement qui ? » Ses imprécations dérangèrent sans doute Fistoulig qui, couché sous la table, poussa de profonds soupirs.

Reprenant ses esprits elle se remémora calmement ses derniers faits et gestes. C'était pour le barde, oui, elle en était sûre. Elle avait réglé ses menus achats. Revoyant ses mains vers la soupière, la présence de Loizic qui avait suivi l'opération s'imposa. À leur retour à toutes les trois dans la cuisine, il était glorieux, mains sur les hanches, jambes écartées. Cet affront lorsqu'il était sorti ! Jamais, ô grand jamais, elle n'aurait pu raconter à son homme… Acculée à cette heure, elle devrait tout dire. Elle voyait déjà la colère de Jean-Marie. Quelle preuve ? Comment accuser ? Personne d'autre que Loizic n'était capable de… Avant elle, le chien les entendit, se heurtant au pied de table, dérangeant un banc, piétinant pour qu'on lui ouvre la porte.

« Il est enragé, ma parole ! » s'exclama Anne qui n'avait pas le cœur à plaisanter.

Elle connaissait les rites du retour des travailleurs : ranger le matériel, s'ébrouer autour de l'auge, secouer la poussière des chemises.

À leurs échanges de propos gouailleurs, elle en déduisit que la journée s'était déroulée sans anicroche.

Ils pénétrèrent dans la maison, pleins d'exubérance. Le visage de Marie-Jeanne avait « attrapé » le soleil. Rosine traînait le gros panier vide, le bonnet de travers sur une chevelure en folie. Avec gentillesse, François demanda à sa mère si elle se sentait bien, si tout allait comme elle voulait.

« Bien sûr, mon garçon. C'était une belle journée ! »

Monsieur le recteur aurait été fort étonné de la voir si bien mentir.

Pas question pour elle d'étaler l'histoire en public. Les hommes étaient fatigués, même s'ils ne le laissaient pas paraître. Dommage aussi de rompre la bonne humeur du patron. Comment en serait-il autrement : le vol était de conséquence puisqu'ils ne possédaient plus rien ! Elle avait bien, à l'insu de tous, caché une enveloppe entre deux draps tissés à la maison, destinés à l'ensevelissement du « meilleur d'entre eux », puisque les bons partaient en premier. Ces maigres économies grappillées sou par sou ne remplaceraient pas le larcin. Elle décida d'en parler tout d'abord à Bléogat. Il était de bon sens et discret. Précisément Jean-Marie s'adressait à lui !

« Tu peux nous donner encore deux ou trois jours, Bléogat ? Il reste deux parcelles à faucher et puisque le soleil nous favorise, on les laissera un temps en javelle. Ce serait bien que tu nous aides pour lier les gerbes. »

Le charbonnier donna son accord. Le patron, qui n'avait pas l'habitude qu'on lui dise non, enchaîna :

« Après le souper tu ne vas pas regagner ta hutte. Marie-Jeanne t'installera une paillasse et une couette dans l'étable. »

Là, Bléogat qui prisait sa liberté refusa l'offre.

« Trop aimable, mais je préfère rentrer.

– Il y aurait une promise là-dessous ? » Yves et François se poussèrent du coude en rigolant.

« Tu sais bien que les femelles pour moi, c'est fini. Qui oserait me faire la bise à part Rosine ? La vérité, c'est que ma cabane, bien fruste comme elle est, fait des envieux. J'ai déjà délogé des “guenilleux” ; ils font comme les coucous. Croyez-moi, si j'ai l'apparence d'un ours, j'en ai le cœur navré. »

XIII

La conspiration

Après une bonne soupe de légumes et la bouillie dans l'assiette dont chaque bouchée vient lécher le beurre, ils jouèrent à « l'écarté » avant de se séparer.

Anne posa son raccommodage pour accompagner le charbonnier. La douceur de cette nuit d'été, le ciel étoilé promettant toutes les bénédictions ne laissaient rien supposer du tumulte qui agitait Anne. Ils marchèrent en silence jusqu'à l'amorce du sentier. Bléogat, avec toute sa sagesse et son sens de la divination, attendait la confidence.

« Vous êtes un ami et un bon conseiller… » La pauvre femme se déchargea du poids qui l'oppressait. Il savait écouter, c'était déjà beaucoup.

Il comprit l'impasse dans laquelle la patronne se trouvait, la crainte d'avouer à son bonhomme et forcément ses soupçons.

« Il faudrait agir tout de suite, mais vous avez entendu : je suis mobilisé trois jours ! »

Supposant sa déception il la rassura :

« Comptez sur moi Anne. Je tâcherai de m'éclipser pour me rendre à Saint-Rivoal. Loizic, ce n'est pas un économe, il aime jouer les grands seigneurs. Ma parole qu'il aura “arrosé” tous les copains à l'auberge. Comme il n'est pas très futé, il se sera peut-être vanté d'une nouvelle acquisition ? On pourra alors démasquer notre voleur. »

Les garçons sortirent de la maison en chahutant pour se diriger vers l'étable. Jean-Marie fiché sur le pas de la porte les accompagna du regard. « Ils s'entendaient ces deux-là, mieux que des frères ! Comment réagiraient-ils séparés l'un de l'autre ? »

Dans la nuit claire il aperçut sa femme avec le charbonnier. « Tiens, pensa-t-il irrévérencieusement, je croyais qu'il se souciait peu des femelles ! Qu'est-ce qu'ils mijotent tous les deux ? »

À ce moment, le hurlement d'un loup traversa la nuit. Il ne pouvait se confondre avec aucun autre cri. Anne quitta d'un coup Bléogat, épouvantée par le rappel de ce loup qui semblait un mauvais présage. Jean-Marie n'avait pas bougé. Son ombre démesurée s'allongeait sur le sol de la cour, et son silence lorsqu'il s'effaça pour qu'elle entre dans la maison, le fit apparaître comme son juge.

Cet orage menaçant, qui n'en finissait pas de vouloir éclater, fit redoubler d'efforts les moissonneurs. Henri et Anatole, à charge de revanche, s'étaient joints à eux. Ils terminèrent les parcelles en deux journées, s'arrêtant à peine pour casser la croûte, et le troisième jour ils lièrent les gerbes qu'ils disposèrent en faisceaux sur le sol craquelé par la sécheresse.

La cheville de Corentin s'était remise à enfler. Le sabot lui semblait peser une enclume, mais aucune plainte n'avait troublé les travailleurs. L'exemple de son courage était une émulation pour les jeunes garçons. Celui qui pensait ne jamais arriver au bout, c'était Jean-Marie qui pour la première fois comptait ses années et rageait contre sa fatigue. Il attendait un héritier… il faudrait en faucher encore du blé !

Le charbonnier, sans donner de raison au patron, s'était esquivé avant la fin de l'ouvrage. « Il est bizarre cet énergumène », pensait le patron, mais il avait la force d'un taureau et l'intelligence dans le travail. Alors, il fallait le prendre tel quel… Quelques jours plus tard, sa chevelure enflammée fit son apparition au carreau de la petite fenêtre. Celle-ci donnait au-dessus de la pierre d'évier, là où souvent s'activait Anne. Il gratta sur la vitre comme à son habitude. Elle sursauta, lâchant la poignée de pourpier qui s'enfonça dans la bassine. Une aubaine, elle était seule. Il ne la taquina pas avec des bonjours à n'en plus finir.

« Mission accomplie. J'ai des nouvelles de notre lascar ! »

Anne croisa ses mains sur son justin comme pour retenir les battements de son cœur.

Il reprit :

« Il se prépare à embarquer à Brest. Une vocation, paraît-il ! Mon information est solide. L'unique solution pour lui d'échapper à la justice. Dans la marine, on lui dressera le poil ! »

Un malaise envahit la femme. Elle vit entre deux rideaux de brume un bateau partir avec ses économies.

Bléogat la soutint vers l'escabelle où il l'aida à s'asseoir avec précaution.

« Ne vous découragez pas Ma'm. (Il ne l'avait jamais appelée ainsi.) Nous allons faire avorter son plan.

– Saint Antoine, aidez-nous ! murmura Anne.

– Les saints ne sont pas mes copains, mais vous avez raison, on ne sera pas de trop. Pour commencer, il faut mettre Jean-Marie au courant. Il n'aime pas les cachotteries, autant jouer franc.

– Je vous en supplie mon ami. Ne trompez pas ma confiance. Ne dites rien.

– Vous redoutez sa colère ? Il trime et il n'a plus un sou… mettez-vous à sa place.

– J'ai déjà bien à faire à rester à la mienne, Bléogat ! Il faudrait… »

Sur le point de continuer elle hésita embarrassée.

« Vous ne pourriez pas – excusez ma hardiesse – le rencontrer et lui dire tout le mal qu'il nous cause ? »

Elle avait dans les yeux tant de détresse qu'il ne put se résoudre à la laisser tomber avec ses problèmes.

« Promis ma bonne. J'emprunte le cheval de l'Henri, je pars pour Saint-Rivoal à sa recherche, sinon à Tromarc'h. La honte pour ses parents si je le cuisine chez eux. Ma parole : il restitue ou je l'aplatis.

– Mon Dieu ! où allons-nous avec cette histoire ! » gémit Anne.

Il lui fallut beaucoup de patience et de courage pour ne rien laisser paraître de son souci. Elle n'en parla pas en confession bien que l'idée de vengeance ne la quittât pas. À la maison on mit sa tristesse sur le compte de son état. Deux enfants partis en bas âge, on pouvait craindre de donner la vie.

Les garçons mettaient de l'animation avec leurs nouvelles apprises chez Philomène. On parlait de l'installation d'une ligne de chemin de fer de Brest à Roscoff... Et ce n'était qu'un commencement ! Dans un village voisin, un exploitant avait acheté une batteuse à vapeur. Jean-Marie aurait voulu voir, mais ce genre de progrès n'augurait rien de bon pour eux, les pauvres, qui continueraient à battre au fléau. Il avait cependant accepté que Henri lui prête son tarare au moment de ventiler le grain, et son hache-paille pour ne pas oublier les bêtes.

Yves prit la parole :

« Le poulain sera bientôt un cheval vigoureux. Avec la jument on pourrait penser au battage avec un manège sur l'aire neuve ?

– Avec quoi tu l'achètes la machine ? » questionna le patron.

François suggéra :

« En septembre, quand tu paieras le fermage Pa'p, si tu demandais à ton propriétaire qu'il investisse ? »

Jean-Marie se demanda où son fils avait été chercher ce mot-là. Il n'avait jamais pensé à ça. Depuis de nombreuses années c'était un éternel recommencement. Quelques parts à donner sur la récolte en plus du loyer et personne n'y trouvait à redire, on s'en accommodait.

« C'est à voir, les enfants », dit Jean-Marie en déplaçant son chapeau pour se gratter la tête.

Voilà qu'il n'était plus tout à fait le maître. Encore un coup de vieux !

« J'en ai une bonne à vous raconter, dit Yves décidément loquace. Il paraîtrait que Loizic a tiré le mauvais numéro au service militaire et qu'il a trouvé à se faire remplacer.

– Toujours courageux, celui-là. Tuez-vous à ma place ! C'est qu'il a des sous ! » rigola le patron.

Anne en train de filer écrasa la pédale de son rouet.

XIV

Le blanc-bec neutralisé

JEAN-MARIE et son grand valet se rendirent de bon matin dans les champs pour examiner les gerbes. Le grain entre leurs doigts se montra sec et dur, prêt à s'évader de l'épi. Ils décidèrent que le battage aurait lieu ce matin même. À la maison c'était le branle-bas de combat car les femmes étaient en lessive. Marie-Jeanne, après avoir nourri les porcins et soigné les vaches, s'activait à cuire une bouillie d'avoine. En attendant les hommes, elle avait préparé la cendre qui blanchirait le linge dans le cuvier.

Elle déplorait que le battage se fasse le même jour. Les garçons revenaient de la pâture où ils avaient parqué les vaches et le mouton qui, seul, paraissait se languir.

« Bientôt tu auras des copains, lança Yves à l'animal.

– Pourquoi tu lui promets ça ? Ajoute : si les récoltes sont bonnes ! précisa François.

– Tu seras loin toi… On s'en fiche d'avoir des moutons si tu nous laisses tomber ! La vie ne sera plus comme avant. »

François entoura l'épaule de son frère de lait. Celui-ci pleura. Alors ils se mirent à courir, à enjamber les barrières, à se bombarder avec la mousse arrachée aux arbres. Ils arrivèrent essoufflés, se laissant aller au soin des femmes autour de cette table qui constituait leur nid et la joie fervente d'être ensemble.

Bléogat ne refusa pas un bol de lait et l'écuelle de bouillie. Il était un peu chez lui et accrochait même sa propre cuillère – sur laquelle il avait sculpté un loup – au parailher.

L'aire balayée, ils se mirent tous les six face à face et battirent le blé au fléau, en alternance. La petite fille, à quelques pas de là, observait et clignait des paupières à chaque coup frappé. Ce ballet bien réglé la subjuguait, et elle comprenait le risque d'une maladresse. Elle aiderait ce soir à rassembler la paille, si précieuse pour les litières, et balaierait les derniers grains avec le petit balai d'ajonc confectionné pour elle par Yves. La lessive ! Quelle journée ! Elle aimait apprendre dans les livres avec Ma'm et Monsieur le recteur mais à la fin de l'été on parlait de l'inscrire à l'école laïque obligatoire. Le petit Jacques ne lui avait-il pas soufflé que la classe était froide, humide et qu'on y voyait parfois des rats manger les livres ? Ce n'était pas un mulot qui lui faisait peur, mais un rat… Tout ça, c'étaient des menteries. Le plus dur était de quitter la maison où tous l'aimaient. Jusqu'à Fistoulig qui lui faisait fête. Et puis ses arbres, elle les connaissait tous, ils la voyaient grandir.

Marie-Jeanne poussait déjà la brouette, tandis qu'Anne portait les « carreaux » qu'on installerait dans les « boîtes » pour ménager les genoux.

« Rosine ! Toujours à rêver. Prends les brosses et les battoirs ! »

Il fut impossible à Ma'm de s'agenouiller normalement. Inclinée au bord du lavoir avec la permission de son ventre, elle rinçait au fil du courant et tordait le linge. Les petites pièces en torsade jonchaient le sol herbu. Elles se mirent à deux pour essorer les draps. À leurs traits tirés de fatigue, Rosine comprit qu'elle devait se faire toute petite. Une grenouille, dérangée, tendit les cuisses pour surmonter une pierre de granit. Rosine s'en saisit et la retint dans ses mains. Elle relâcha sans tarder la rainette aux yeux mordorés, troublée de sentir à sa merci le petit cœur affolé.

Les coups de battoir résonnèrent jusqu'à la chaumière du meneur de loups. L'anachorète, en bonnes relations avec ses voisins, se rendit au lavoir, plus par besoin d'échanger quelques mots que par curiosité. L'excitation des abeilles autour des ruches de Jean-Marie annonçait l'éclatement prochain des nuages pleins comme des outres. Il constata le niveau bas de la fontaine en amont du lavoir. Quelques cressons sauvages flottaient aux alentours des parois. Autrefois – il s'en souvenait –, des pèlerins venaient y plonger leur visage et les jeunes filles en mal d'époux interrogeaient saint Yves en posant sur l'eau leur épingle de justin. Malheur si celle-ci coulait vers le fond. Elles n'iraient pas au mariage.

Dérangé dans ses pensées, il remarqua que le petit saint de granit aux traits usés par le temps tournait le dos à la fontaine. Il arriva à point pour aider les femmes à jucher les lourds baquets sur la brouette. On échangea des courtoisies, on se questionna sur la santé et la bonne marche des travaux… L'homme gardait ses mystères, aussi Rosine, avec l'audace de l'innocence, s'enquit de savoir si le meneur élevait de nouveau des loups.

« Hélas non, petite ! La maréchaussée a toujours un œil sur moi. Bien heureusement, les médecins me fichent la paix et je soigne avec mes mains les malades pour qui ils n'apportent que leur ignorance. Au fait, comment va Corentin ?

– Grâce à vous il trotte comme un cabri. Il a fait la moisson », dit Anne.

Subitement elle porta ses mains à son ventre en grimaçant de douleur et s'assit sur le bord de la brouette.

« Vous voyez p'tite mère, ce n'est pas raisonnable de battre la lessive dans votre état ! Quand vous arrêterez-vous ? gronda Marie-Jeanne.

– Lorsque le petit frappera à la porte. Ma mère a accouché dans les champs. Moi-même j'ai fait ma besogne jusqu'au dernier jour et je n'ai jamais tardé pour me remettre à l'ouvrage ! »

Le meneur de loups intervint :

« Excusez ma bonne, votre dernière a huit ans, les années s'accumulent aussi pour vous, sans vouloir vous vexer. »

Anne accusa le coup. Dans le fond il avait raison. Elle dit à la jeune fille de rentrer à la maison avec le matériel :

« Je me repose un peu et reviendrai en prenant mon temps au bras de Rosine... » Le meneur de loups ne voulut pas la laisser seule avec une fillette d'aucune utilité en cas d'urgence. « Vous êtes toujours là quand il le faut ! lui dit Anne.

– Le flair des bêtes sauvages, s'amusa-t-il à répondre. Dites-moi, peut-être savez-vous pourquoi saint Yves tourne le dos à la fontaine ?

– Parce qu'il est puni », dit-elle avec agressivité. L'autre agrandit les yeux d'étonnement. Elle reprit :

« J'ai des ennuis en ce moment. Saint Yves ne veut pas écouter mes prières. À l'église j'ai déposé une motte de beurre à ses pieds. Il refuse mon offrande. »

C'était sans doute très grave. Il la vit butée. Pour faire diversion il lui demanda si elle se sentait bien pour rentrer à la maison.

« Je vous remercie, mais j'ai assez de la petite. »

Rosine qui avait suivi le dialogue donna le bras à Ma'm en faisant dans sa tête mille suppositions.

Le meneur de loups regarda un long temps les femmes couper à travers champ, puis délivra le saint de sa quarantaine.

La démarche de Bléogat fut un succès et le meilleur remède à la santé défaillante de la patronne. Il s'était rendu à Tromarc'h. Sa personnalité avait fait perdre de sa superbe au beau Loizic. Les parents habitués aux incartades de leur rejeton n'en étaient pas moins navrés. Les soucis les avaient vieillis avant l'âge. Un voleur ? C'était une escalade ! Oui, il avait pris l'argent pour payer son remplaçant à l'armée, mais celui-ci s'étant rétracté, il s'était immédiatement engagé pour cinq ans dans la marine. Voilà, ils savaient tout. Il fit cette confession les yeux rivés sur la table.

« Tu n'as donc plus besoin de cet argent ! proféra Bléogat.

– Écoute ta conscience mon gars », murmura la mère.

Quelques instants plus tard Bléogat avait récupéré les sous et acceptait en bonne intelligence de trinquer avec le fils prodigue et les parents, reconnaissants du silence promis sur « l'incident ».

Ce fut beaucoup plus tard qu'Anne, pour se délivrer d'un poids, avoua l'histoire à Jean-Marie qui se contenta de lui embrasser les deux mains. En réalité elle ne lui apprit rien. On ne sut jamais par quelle indiscrétion toute la maisonnée avait été mise au courant. Chacun garda le secret à l'insu des autres, mais l'histoire rapprocha Marie-Jeanne et Corentin que l'on surprenait souvent à se chuchoter des mots et se faire des cajoleries.

Anne pria saint Yves de la pardonner de ses doutes.

XV

L'orage vide son sac

On protégea la meule de paille élevée dans le courtil d'une couche de seigle avant que ne s'abattent des déluges de pluie. Pas un foyer qui ne s'en réjouit. La Douphine et l'Élorn avaient ralenti leur cours, les puits ne dispensaient que des échos. Quant aux potagers ils rebutaient par leur sécheresse les limaces et les escargots ! Au pied du Mont-Saint-Michel, le sol craquelé sur des lieues semblait vouloir engloutir aux Enfers le mécréant et l'imprudent. Ce cadeau du ciel était si souhaité qu'on ne rechigna pas à traverser la cour devenue bourbier. Du tas de fumier suintait un jus noir où s'attardaient les canards, et le sentier déjà roulait ses cailloux dans les méandres des rigoles. La pluie donnait un autre visage à l'intérieur de la maison. Bien vite l'humidité s'y installait, et le sol de terre battue collait les sabots. Les feux de tourbe et de fagot réduits en cendres, l'obscurité gagnait chaque recoin. Le lit clos, le vaisselier, la lourde table dont les pieds semblaient enracinés devenaient inquiétants par leur bois sombre, et étouffants par leur volume exagéré.

Les hommes s'occupaient dans les bâtiments à réparer des outils, à scier du bois ou construire une mangeoire. Ces derniers travaux des champs les avaient exténués. Ils avaient maigri, et cette pluie bienfaisante calmait leur fatigue. Le nez à deux doigts du carreau, la fillette brodait de perles un bonnet qu'elle destinait au baptême du futur petit frère… Les deux femmes en vis-à-vis travaillaient en silence, dénoyautant des prunes pour la confiture que l'on cuirait demain. Les mouches enfin calmées avaient déserté la cuisine. Parfois, une attardée esquissait un atterrissage sur les fruits « crevant » parmi le sucre. Une haute horloge, qui avait égrené le temps chez les parents d'Anne, obsédait, de son tic-tac infatigable.

La patronne s'essuya les mains, à défaut d'enfiler des gants, pour déclarer solennellement :

« Marie-Jeanne – on en a discuté avec le patron –, il faudrait te décider à marier le Corentin. Il se languit le pauvre et tu as l'air de le trouver à ton goût ?

– C'est vrai qu'il est galant et que nous serions bien appareillés, mais je ne veux pas vous quitter pour être engagée chez l'étranger…

– Qui te parle de partir ma fille ? Tu nous ferais bien défaut, surtout avec le bébé que les anges nous envoient ! À la veillée on en parlera tous ensemble. Laisse tes prunes et va parler à ton promis. Ce serait le diable qu'il soit averti le dernier ! »

Rosine se mit à faire des pas de gavotte en scandant : « C'est des amoureux ! C'est des amoureux ! »

On l'avait souhaité cet orage, mais il avait vidé son sac. La terre n'absorbait plus tant elle était gorgée. Une pluie fine jouait maintenant sur un arc-en-ciel et la campagne exhalait une bonne odeur d'herbe mouillée. L'auge débordait dans un bruit de gorge ainsi que la vieille barrique placée sous le pignon. Rosine, sur le pas de la porte, s'amusait de ces fontaines d'où l'eau s'évadait en éclaboussant le sol pour s'égailler en réseaux anarchiques.

Marie-Jeanne revenait du pâturage avec les deux vaches. Ce n'était pas encore l'heure de la traite mais on en avait soin : « Elles pourraient attraper des rhumatismes aux pattes ! » Les bêtes marchaient entravées, la tête plus basse qu'à l'ordinaire, comme des prisonnières. Rosine avait vu cela dans un livre de Monsieur le recteur.

Dans la salle commune flottait une odeur de cochon fumé. Il en était ainsi à chaque déluge. L'humidité qui suintait du conduit de cheminée, le bois mouillé malgré sa protection dans la cour refoulaient d'âcres volutes de fumée. Un revers de manche pour essuyer les yeux, un raclement de gorge pour éclaircir la voix, il en aurait fallu plus pour que le souper ne soit pas à la gaieté ! On allait marier Corentin et Marie-Jeanne !

Leur consentement répondait à l'espérance des patrons et la perspective de fêtes heureuses enchantait les jeunes. Pour la circonstance Jean-Marie déboucha une bouteille de vin. D'ordinaire il se buvait à l'auberge, mais ce n'était pas un jour ordinaire. Il annonça aux fiancés qu'ils seraient logés dans le bâtiment annexe. Celui-ci, bien aménagé, ils seraient comme coq en pâte. Revenait à Anne de disposer pour eux de quelques arpents de terre dont elle était propriétaire. La petite ne pensait qu'aux costumes des mariés. Yves, tout excité, lançait des noms d'invités : « Celui-là parce qu'il est bon danseur, cet autre parce qu'il manie la bombarde comme pas un. » Seul François était taiseux. Jean-Marie en devina la raison.

« T'en fais pas mon gars, tu seras de la noce ! On fera la fête avant ton départ. Qu'est-ce que vous en dites, les amoureux ? »

Ils rougirent tous les deux. À l'unanimité on envisagea la fin du mois de septembre.

Heureusement l'argent rentra dans la maison. Les moulins ne manquaient pas dans la région mais le hameau était fidèle à son meunier. Celui-ci vint à domicile chercher les sacs de grain au regret de la fillette qui se souvenait avec bonheur de l'an passé. Elle avait accompagné Corentin au moulin. La charrette avait longé le ruisseau puis son compagnon lui avait expliqué la manœuvre de cette grande roue à godets qui déversait sans relâche l'eau en cascade. Là-haut on l'avait juchée sur le cadre des trémies avec interdiction de bouger un cil. Le vacarme l'avait un peu abasourdie, mais elle avait compris l'opération. En bas, elle avait touché « sa » farine, tandis que le meunier leur racontait l'histoire terrifiante de la noce pétrifiée au pied du Mont-Saint-Michel. « Je t'emmènerai voir les pierres dans le champ », avait promis Corentin. La légende prétendait qu'une noce, précédée de ses musiciens, avait refusé le passage à un curé et ses enfants de chœur, les obligeant à lâcher le chemin en s'égratignant aux ronciers. Le curé punit la noce en les changeant en pierres. L'histoire lui revenant à l'esprit, elle se mit à craindre pour ses amis jusqu'au jour de la noce.

Sans ce mariage, Marie-Jeanne n'aurait jamais entendu parler de son père. Lors du décès de sa mère, il l'avait placée chez Jean-Marie comme il aurait donné un chiot. Jamais il ne s'était inquiété de son existence, elle ne se souvenait pas en avoir eu du chagrin. Elle s'était fait une nouvelle famille.

Pour lui faire établir un état civil sérieux, le patron se rendit au village natal de la jeune fille. Il obtint sans peine un extrait de l'acte de baptême auprès du vieux recteur. Celui-ci lui indiqua la chaumière où le père partageait son existence et ses économies avec une servante sans âge. Il fut mal reçu.

« Qu'est-ce qu'on venait l'embêter avec cette gueuse qui s'amusait à danser la ridée au lieu de soigner sa mère ! Porter des enfants pour les voir mourir les uns après les autres en bas âge ! Ils l'avaient usée de fatigue et de chagrin. Il en était venu à détester les enfants. Et celle-là qui était une fille mangeait la santé de la pauvre femme. » Jean-Marie dont la colère commençait à lui fourmiller les mains – ce qui était pour lui un avertissement – lui expliqua que sa fille était travailleuse et sérieuse, et que ce mariage était l'occasion pour lui de se faire pardonner du bon Dieu et des saints son abandon. Ce que la servante aux yeux mouillés approuva.

« Je ne veux pas connaître son galant. Allez au diable si vous avez dans la tête de m'inviter à la noce… »

La vieille claqua la porte en signe de désapprobation. Le père dénaturé comprenait son langage. S'il se butait, elle le bouderait des semaines et la saveur de sa soupe s'en ressentirait. Il se dirigea vers le bahut dont il ouvrit le tiroir et déposa de belles pièces d'argent dans la paume de Jean-Marie, puis méfiant, retint son bras :

« Après tout, pourquoi croire à votre histoire ? Vous pouvez me donner une preuve ? »

Jean-Marie sentit qu'il allait craquer. Il lui mit sous le nez l'extrait de l'acte de baptême. Ce n'était pas très convaincant mais le vieux hocha la tête et grommela :

« Ça va, on s'est tout dit.

– Vous n'avez pas une parole à rapporter à Marie-Jeanne ?

– NON ! Faites ce que vous voulez avec l'argent, je ne veux point le savoir mais déguerpissez ! »

Jean-Marie n'avait pas l'habitude d'être limogé comme un mauvais domestique. Il se disposait à passer la porte mais se ravisant, il fit un pas en arrière. Le bonhomme se ratatina, le bras défendant les yeux, prêt à esquiver, mais ce ne fut qu'une bataille de mots.

« Vous avez bien fait de vous débarrasser de Marie-Jeanne. »

Stupéfaction du vieux.

« Vous lui avez rendu un fichu service... reprit le patron. Vivre des années avec un salopiot de votre espèce. Chez nous elle n'a pas eu de robe de châtelaine mais elle a eu l'amour de nous tous ! »

Il sortit en tapant ses pieds sur le seuil en signe de dégoût.

Cette escapade lui avait pris deux jours mais il se sentait délivré de toute obligation. Il pouvait conduire Marie-Jeanne à l'autel et l'installer correctement avec Corentin.

Avant de regagner le hameau il dirigea son cheval dans le bourg chez Auguste le menuisier, un ami d'enfance. Ils ne s'étaient jamais perdus de vue, se contant à l'occasion des foires ou des enterrements leurs joies et leurs infortunes. Ils savaient tout l'un de l'autre : la bataille pour survivre, le souci des enfants, la maladie qui s'abat sur le bétail. Jean-Marie ne se trompait jamais sur les saisons, le travail de la terre. De plus c'était un bon gestionnaire. Auguste épatait son ami par ses connaissances sur les événements de la capitale, le régime absolu de l'empereur Napoléon III, les progrès de la civilisation…

Jean-Marie n'avait pas mis les pieds dans cet atelier depuis des années. Une odeur de sciure de bois lui rappela le père, menuisier lui-même. Il s'en souvenait bien lorsque enfants, ils jouaient tous deux avec les copeaux. Sur l'établi ils partagèrent un pichet de cidre en évoquant les anciens.

« Peux-tu travailler pour moi Auguste ?

– On peut s'arranger. J'espère que tu ne me commandes pas une boîte en sapin pour un des tiens ?

– Non, plus haut que ça.

– Tu veux une échelle ?

– Bien plus large ! Allez, j'te fais marcher. Il me faut une armoire de mariage pour Marie-Jeanne et Corentin.

– Là tu me fais plaisir. Tu ne t'adresses plus au menuisier mais à l'ébéniste. On choisira de beaux panneaux de chêne, avec les symboles de l'Église, et puis des clous et des charnières de cuivre qui clignoteront dans la nuit. Au sommet, on inscrira la date du mariage… »

Descendant d'un coup de sa rêverie, Auguste s'inquiéta : « C'est pour quand au fait ?

– Un mois et la moitié d'un. »

Les mots de Jean-Marie tombèrent comme un couperet. « C'est si pressé ? Il y a un petit en route ?

– Oh non ! il y a un "grand" en route. Notre François rentre au séminaire. » Ils se connaissaient trop pour que le menuisier ne sente pas le chagrin secret de son ami.

« Tu l'auras ton armoire. Tu sais que je travaille à domicile, sur place. Dis à tes tourtereaux que je viens demain dans la soirée avec mes dessins. »

Ils virent tous que le patron rentrait fatigué. Il défit avec soulagement ses chaussures et ses guêtres, et éprouva un bien-être à enfiler ses sabots. Le cheval également semblait las, mais lui n'avait pas discouru. Ils attendaient pourtant les uns les autres un compte rendu de ce voyage.

« Après la soupe, les enfants », leur dit Jean-Marie pour calmer leur impatience.

S'attardant sur les grands yeux inquiets d'Anne, il ajouta :

« Tout s'est bien passé. Je suis content. »

Sur la table Anne déposa une vannerie de fraises apportée par le cousin Louis.

« Il ne vient tout de même pas exprès de Commana pour nous apporter des fraises ? dit avec suspicion le patron.

– Les nouvelles vont aussi vite que ton cheval, mon ami. Il venait pour nous féliciter pour la noce.

– Décidément, dit Jean-Marie en riant. Dès que j'ai le dos tourné les visites n'arrêtent pas ! C'est-y que je fais peur au monde ? »

XVI

Les artistes à l'ouvrage

CE FUT UNE RÉVOLUTION dans la maisonnée ! François emmena sa mère chez Monsieur le recteur qui annoncerait en chaire les épousailles. Celui-ci demanda au garçon s'il n'avait pas changé d'avis concernant le séminaire. Il faudrait envisager Pont-Croix ou Quimper… Les formalités à la mairie incombèrent au patron, avec la présence de Corentin, pour publier les bans. Les deux hommes scellèrent leur amitié en se partageant une bouteille de vin de Nantes qui fit déglutir les autres clients. La chance leur souriant, ils reconnurent parmi eux le tailleur dont ce n'était pas l'habitude de traîner savate dans un estaminet.

« Le ciel vous envoie "Brodesoie" ! l'interpella Jean-Marie qui ne se commettait pas à le tutoyer. (En réalité il s'appelait Hervé.) Prenez place pour goûter ce nectar. »

Après quelques échanges de politesses et le silence qui suit une dégustation, le futur beau-père mit la main sur l'épaule de l'homme. Il ne l'avait jamais vu de si près. Sans doute pour son propre mariage ? Sa *shuppen*[1] brodée sur les bords et sa veste galonnée de velours qu'il portait encore aux fêtes avaient moins vieilli que son tailleur. Le vieux chaussait des lunettes et ses longs cheveux filasse concurrençaient les dents jaunies. À la vue de son dos voûté à force de tirer l'aiguille, le patron hésita à parler. Travaillait-il encore ? L'autre le vit venir et fit étinceler deux petits yeux noirs derrière ses verres :

« Tu es comme une pie devant un lézard… Est-ce que je suis encore capable d'habiller pour les noces ceux qui vont convoler ? »

Pour une fois Jean-Marie resta le bec cloué. Ainsi, lui aussi était au courant ! Il avait deviné avant d'avoir parlé !

Corentin rougit. Cette bouffée de chaleur, il la devait moins au vin nantais qu'à ce sentiment d'épouser une servante qu'il aurait compromise. Pourtant Dieu seul savait combien il avait respecté Marie-Jeanne ! Ce n'étaient pas les occasions qui avaient manqué, non plus que son désir toujours refoulé semblable à une torture. À la vérité elle n'aurait même peut-être pas refusé ? Il redescendit sur terre.

Le vieux tailleur soudain rajeuni prit acte ; il viendrait confectionner à la maison :

1. *Shuppen : veste sans revers.*

« On commence quand ? »

Tout allait trop vite. Soupirer après une éventuelle promise durant des mois et s'activer d'un coup comme un chien sur un os ! Il se sentait comme un grand benêt, alors il prit la parole :

« Avec tout le respect que je te dois Jean-Marie, il faut parler argent. (Il baissa le ton. Les deux hommes approchèrent leur tête de la sienne, comme s'ils complotaient.) Depuis des années que tu me donnes mes gages, j'ai économisé. Bien nourri, ménageant mes hardes, j'ai de quoi pourvoir. Ce serait offense de ne pas accepter ta générosité pour le logement et la fête, mais je ferai affaire avec Brodesoie. Et vous verrez, on sera tous nippés comme des bourgeois ! »

Cette déclaration fit rire les deux hommes. Brodesoie dut même essuyer ses verres de lunettes embués.

« On dirait que tu nous engueules ! Ça ne me déplaît pas que tu te dresses comme un jeune coq », dit Jean-Marie.

Ils se quittèrent, marché conclu pour la venue du tailleur avec ses échantillons.

Chacun détacha son cheval et l'enfourcha, communiquant à leur monture une gaieté excitante. À la naissance du chemin, après la croix, ils se firent un jeu de se brûler la politesse. Corentin, le bonheur lui donnant des ailes, distança le patron en poussant un « youyou » strident. Les femmes à l'écoute de la chevauchée échangèrent un regard complice : « Leurs époux avaient-ils goûté à la liqueur de feu ? »

À la chandelle on ne manqua pas de sujets de conversation. Il fallait s'organiser et on accepta les suggestions de chacun. Aux femmes incomberaient les repas supplémentaires : le casse-croûte de la matinée et le dîner des deux artistes partageant leur table. « Ils s'entendaient bien au moins ? » avait demandé la patronne.

Corentin avait déjà badigeonné à la chaux une des deux écuries qui hélas n'abritait plus de cheval dans ses stalles depuis longtemps. Courbé sur la bêche, à genoux sur le sol à récolter les pommes de terre pendant que les jeunes les mettaient en sacs, il démontrait une énergie peu commune à faire le maçon en rentrant à la maison. Il savait travailler tous les matériaux et forçait l'admiration de Jean-Marie qui lui lançait : « L'amour opère des miracles ! »

Auguste s'installerait là pour fabriquer l'armoire. Les fiancés s'étaient mis d'accord pour la sculpture religieuse, mais aussi sur la présence de quatre oiseaux. « Cette volière était à la mode à Quimper et apportait de la fantaisie », avait suggéré Auguste.

Quant à Brodesoie, on l'avait reçu comme un prince avec ses liasses de tissus et ses galons. Le futur marié ainsi que son beau-père s'étaient enthousiasmés devant la qualité des étoffes, mais le faiseur d'art n'ayant pas caché qu'il s'agissait pour lui de ses derniers travaux, voulait finir en beauté et leur ferait un prix pour ce drap noir venu d'Angleterre.

Pour les dames ce ne fut pas si simple. Elles attendirent que les hommes aient tourné le dos. Anne prétendit qu'à l'âge de trente-cinq ans on avait tout ce qu'il fallait, et que dans son état, un joli tablier brodé choisi sur le marché ferait l'affaire. Il était déjà gênant de se montrer en public.

« Ce qui compte, c'est la robe de la mariée », dit-elle.

Marie-Jeanne avoua qu'elle y avait beaucoup pensé. Puisqu'on osait toutes les couleurs, elle rêvait d'une jupe rouge, un justin brodé de perles et surtout une longue guirlande de fleurs d'oranger depuis l'épaule jusqu'en bas de la robe…

« Vous allez me faire travailler la nuit ! Mon fils qui prendra la relève bientôt se chargera des surfils et des ourlets. Vous serez stupéfaites, Mesdames, de voir à quelle vitesse il coud les boutons. Et sur nos gilets, ils sont aussi nombreux que les étoiles du ciel ! »

Ainsi, chaque jour après la soupe du matin, la table était briquée à en user la brosse afin que Bridesoie y prenne ses aises. Après les mesures et la coupe il s'installa jambes croisées sur celle-ci, aux yeux éberlués de Rosine. Dire que cette table c'était sacré ! Qu'il ne fallait pas la profaner en y posant son postérieur, et voilà que le tailleur y prenait racine ! Elle n'était pas satisfaite, la pauvrette. Personne n'avait pensé à ses atours de noce. N'ayant pas coutume de réclamer, ils seraient bien confus tous de la voir en tant que fille d'honneur, conduire Coco à l'église avec sa grosse jupe de laine et son tablier à carreaux !

Ce soir-là les discussions allèrent bon train jusqu'à la minuit. Lorsqu'ils se retrouvèrent seuls dans l'obscurité du lit, Anne demanda à son époux si Corentin avait une marraine.

« Drôle de question ma belle ! Le jour de la Saint-Michel, il y a de cela vingt ans, et qu'on s'est mis d'accord pour l'engagement, je n'ai pas fait d'enquête de ce côté-là. Tu vois bien qu'il se rend au prêche chaque dimanche et fête – souvent avant nous – qu'il pleuve qu'il vente…

– Alors il a une marraine, s'entêta la femme qui ne "dételait" jamais.

– Puisque tu veux revenir en arrière, d'accord, mais tu vas faire éclater la couette. Sa famille c'était des rouges, et le petit il n'avait jamais ouvert un catéchisme.

– Jésus, Marie, murmura Anne.

– Eh bien, tu as quelque chose à lui reprocher à ce garçon ? Il a un cœur en or. Si j'étais une jeune fille… je serais contente de l'épouser ! Allez, dors. »

Jean-Marie, en disant cela, se retourna en faisant craquer la paillasse et ronfla comme un gros chien.

Bléogat n'avait pas reparu depuis la moisson. Au courant de tout, sans doute par un korrigan coureur de landes s'aventurant à la lisière des bois, il n'ignorait rien du mariage dont il se réjouissait, ni de l'installation des artisans. Il y avait du monde dans la maison ! Malgré leurs démarches, les maîtres n'avaient pas besoin de lui pour l'arrachage des pommes de terre, et lui devait respecter son contrat pour vendre une cinquantaine de sacs de charbon de bois, ce qui représentait trois fournées. Il se souvint cependant de sa promesse à Rosine de lui montrer la fabrication d'une meule. C'était la dernière de la saison.

Fistoulig, qui manifestait son agressivité à la vue d'un chemineau portant bâton, fit la fête au charbonnier. Débarrassé de sa houppelande poilue, les cheveux attachés à l'arrière pour se défier du feu, il semblait amenuisé de partout. La maison et ses entours, au contraire, prenaient du volume par la végétation. La vigne vierge accrochait ses tentacules jusqu'aux charnières des portes, les hortensias sauvages roulaient des boules de la grosseur d'une tête, et d'envahissantes orties blanches dissimulaient les bases du puits. Même Rosine lui parut grandie. Un panier au bras elle allait au jardin cueillir des haricots. Elle ne reconnut pas tout de suite le charbonnier.

« J'ai tant vieilli que cela ? Il vaut mieux un coup de vieux qu'un coup de feu ! Tu sais que je carbonise en ce moment… Tu ne comprends pas ? On va demander à Ma'm si je peux te montrer à dresser la meule. »

Dans la maison il salua Bridesoie. Deux célébrités qui se croisaient au hasard des circonstances. Ils n'avaient cure l'un comme l'autre de services qu'ils n'avaient que faire !

Bléogat présenta ses compliments à la patronne ainsi qu'à Marie-Jeanne. La permission accordée, celle-ci remplacerait la petite pour la cueillette des haricots. Yves, plus sale que jamais, charriait des seilles d'eau pour curer l'étable. Rosine se pinça le nez. Bléogat en riant lui cria :

« Il faudra plusieurs bains dans la rivière si tu veux faire le garçon d'honneur ! »

XVII

Des ronds de sorcière

L'HOMME TENAIT L'ENFANT par la main. Avec son gourdin il cinglait les herbes du chemin pour effrayer d'éventuelles vipères. Ils dépassèrent le lavoir, la fontaine et longèrent le ruisseau sur un étroit sentier masqué parfois par une végétation qui en prenait à son aise. Ils marchaient maintenant l'un derrière l'autre, Rosine confiante dans les pas du géant roux.

« Autrefois, petite, les gamins venaient ici chercher des sangsues qu'ils vendaient pour quelques sous à un apothicaire. Maintenant ils vont au Grand Pont et c'est une partie de rigolade. Mais dis donc, toi, je ne te vois jamais jouer avec des camarades ?

– À l'automne j'irai tous les jours à l'école laïque. Je suis contente d'apprendre, mais j'ai peur des enfants. Ils sont cruels et des fois méchants. À la maison il y a Yves, et c'est mon grand copain…

– Tu me fais l'effet d'une drôle de ficelle ! »

Ils arrivèrent à une clairière qu'elle reconnut enfin. Là-haut elle apercevait les ruches et plus loin la maison du meneur de loups. Depuis des semaines le charbonnier avait préparé ses rondins de bois, des fagots de bourdaine et les paravents de genêts qu'il appelait « les clisses » pour protéger des courants d'air. Au centre de la clairière, le sol noirci par les meules précédentes décrivait un cercle parfait délimité par une couronne de fumerons. Rosine s'exclama :

« On dirait un gâteau !

– Tu riras moins lorsque je te dirai le nom de ton gâteau : un rond de sorcière… » Effectivement elle ne riait plus du tout et susurra qu'elle voulait rentrer à la maison.

« Tu as voulu voir, maintenant il faut se mettre au travail. Mais je te préviens, pour faire le charbon de bois il faut cinq ou six jours ! »

Elle écarquilla les yeux. Bléogat, pas méchant mais qui s'amusait à taquiner l'enfant, continua :

« Le plus dur tu vois, c'est la nuit, parce que la meule elle est capricieuse. Il ne faut pas la lâcher. Elle te mettrait le feu à tout le bois comme un rien. »

L'enfant commençait à s'intéresser : « Oui, mais tu es près de la rivière.

– Tu as raison. De toute façon on a besoin de beaucoup d'eau pour arroser la meule. D'ici quatre jours tu reviendras avec Yves. Moi, je ne bougerai plus d'ici.

– Comment tu manges alors ? »

Il se dirigea vers sa hutte à quelques pas de là, cachée dans la futaie, et en ressortit en tenant par les pattes arrière un beau garenne.

« Je l'ai trouvé au collet ce matin. C'est triste mais si tu les laissais toujours faire des petits, tu ne pourrais même plus marcher dans la forêt. Ils seraient des milliers ! »

Ce tapis de lapins l'amusa. À ce moment un bruit près de la rivière les firent se retourner.

« C'est peut-être une loutre, ou un ragondin, qui s'épeure de nous entendre. »

Il passa le râteau et le balai pour égaliser l'aire et confectionna avec du petit bois un triangle consolidé par des pieux, départ d'une pyramide qui semblait un jeu d'équilibre.

« Ça, tu vois, c'est la cheminée. Il faut rentrer maintenant. Tu n'auras pas peur ? Tu reconnaîtras le chemin ? Embrasse-moi avant que je sois enfumé comme un jambon. »

Elle prit une badine pour imiter Bléogat. Quelle charmante promenade ce retour au fil du courant ! À son côté nageait une poule d'eau dont le cou donnait l'impression d'être déplumé. Hop ! la poule s'enfonçait dans les herbes de la berge ou piquait droit vers le fond de l'eau. Les vaches n'étaient plus au pré. Il était donc si tard ? Au bêlement familier elle reconnut son mouton. On aurait dit qu'il craignait, sans doute, d'avoir été oublié. Tout à coup son sang se glaça. Oui, elle voyait bien. La jeune bête était plaquée au sol par un loup. À moins que ce ne soit un chien… Inconsciemment elle s'approcha en courant pour séparer les antagonistes, faisant tourbillonner sa badine sur l'animal enragé. Ignorant sa présence, le loup bascula sur son dos sa victime devenue muette et partit en courant. Rosine, entraînée souvent à la course par les garçons, poursuivit l'équipage au pas de charge en poussant des hurlements. Ses propres cris lui évitaient de penser à la peur. Une seule idée : délivrer le mouton[1]. Ils s'enfoncèrent dans les bois. Rosine avait perdu un sabot et de loin aperçut Bléogat qui plein de remords de l'avoir laissé partir seule coupait court vers la maison de Jean-Marie.

Le loup interloqué se figea devant l'homme et, chose étrange, déposa le mouton pour disparaître dans les fourrés. Bléogat serra bien fort sa courageuse amie et examina le mouton. Il respirait encore et sa blessure à la gorge ne semblait pas profonde. Défaillant de peur il n'avait pas lutté.

Le retour à la maison ne fut pas ovationné. On invectiva le charbonnier sans savoir. Bridesoie sauta de la table, plia ses affaires et disparut. On fit boire un doigt d'eau-de-vie à Rosine et le mouton fut allongé aux soins de Jean-Marie sur une toile jetée sur la table. Marie-Jeanne soutint Anne au bord de

1. *Fait réel relaté au musée du Loup (cloître Saint-Thégonnec, 29).*

l'évanouissement. Personne ne fit attention à Bléogat qui sortit à reculons, heureux décidément de se retrouver solitaire.

La « tragédie » fit le tour de la paroisse et de tous les hameaux avoisinants. Le bruit courut que Rosine était une miraculée. L'annonce du prochain mariage fit grand bruit puisqu'on pourrait dévisager l'enfant qui régnait sur les loups. Que ne disait-on pas ? Jean-Marie et Anne connus pour leur courage et leur honorabilité ne se saignaient-ils pas aux quatre veines pour célébrer l'union de leur servante et de leur valet ? On les trouvait exemplaires. C'est donc dans la joie et l'effervescence que l'on prépara le grand jour.

XVIII

Mariage princier au fond du val perdu

Si les hommes préparaient la terre afin d'y semer prochainement le seigle, il arrivait à l'un ou l'autre de « traînailler » auprès du menuisier ou du brodeur pour admirer l'avancement des travaux.

Jean-Marie, impatient, avançait parfois une timide remarque à Bridesoie. Huit jours pour broder le gilet du marié ! L'artisan ne se servait pas de modèle et, se contentant de points de repère, exécutait des arabesques au rythme de sa fantaisie. Lorsqu'il attaqua la robe rouge de la mariée il dessina auparavant sur le velours de gracieux motifs à la craie. La collerette lui couvrant les épaules serait de mousseline blanche. Le patron admiratif se grattait la tête en pensant que l'on en faisait un peu trop et qu'il ne pourrait jamais faire face à pareilles dépenses. Bridesoie, le devinant, lui rappela sa promesse : ce serait un prix d'ami et son chef-d'œuvre avant la retraite.

Les hommes porteraient un gilet croisé à deux rangées de boutons, ouvert en haut sur un plastron blanc. Seul Yves, garçon d'honneur, ornerait son chapeau d'un flot de rubans multicolores. Quant à Jean-Marie, il dut céder à toutes les objurgations des autres pour sacrifier ses longs cheveux. Prisonniers dans son chapeau la semaine, ils caressaient ses épaules lors des offices à l'église. Religieux à ses heures il s'enorgueillissait de cette retombée comme s'il portait une étole, et voilà qu'ils étaient tous à le « tanner » pour être moderne. Par principe il détestait cette expression. Dans ce conflit Anne restait en dehors. Heureuse de sa future maternité, elle craignait de se montrer en public avec le gros ventre.

Ce fut à la foire de Brasparts qu'il confia sa tête aux ciseaux du perruquier. Celui-ci, au contraire des autres faiseurs, ne coupait pas les cheveux sur le marché, mais dans une échoppe où sa femme, repasseuse, amidonnait les coiffes. Lorsqu'il aperçut son visage dans une glace il se crut tout nu et ridicule, mais le chapeau et les guides masqueraient les manquants. Yves, l'œil malin, ne se laissa pas abuser et faillit pouffer de rire ! Il annonça au patron qu'il avait vendu les deux porcelets et les poulettes le temps d'un baiser volé !

Les deux hommes s'attablèrent chez Philomène.

Dans la fumée des pipes ils reconnurent le barde qui, pendant la moisson, avait honoré la maisonnée d'un pamphlet bien sonnant.

« Salut l'enchanteur ! l'interpella Jean-Marie. Viens partager le pichet de cidre avec nous, tu nous réjouiras.

– Ce n'est pas de refus. J'ai tant chanté en distribuant mes couplets que le gosier est à sec comme le Yeun Elez à la canicule.

– Alors ce n'est pas toi qui parleras. Étanche ta soif et écoute. Notre Corentin et sa promise verraient ton absence à leurs épousailles de mauvais présage. Veux-tu être notre invité d'honneur ? »

Le barde, comédien de surplus, ôta son chapeau pour faire une révérence. À la vue des beaux cheveux épars, Jean-Marie serra les poings de rage.

« Pour célébrer l'amour, je serai votre homme, et si je ne trousse pas les coquines, je trousse des compliments aux charmantes dames, sans oublier les Ma'm goz… »

Là-dessus il s'éclipsa. Semblable à un lutin, il avait l'art d'apparaître et de s'évanouir sans déplacer d'air.

De derrière son comptoir Philomène lança aux deux hommes : « Il paraît que le loup ne mange plus le Chaperon rouge ? »

Jean-Marie haussa les épaules et entraîna Yves dehors. Ils retrouvèrent Marie-Jeanne qui avait discuté ferme sur le prix d'un tablier perlé pour la patronne, et s'efforçait de dissimuler un paquet mystérieux.

Ils reprirent le char à bancs tous trois et chantèrent tout le retour. L'été ne se démentait pas. Sur les talus les mousses disparaissaient sous l'opulence des fougères vertes et drues. Dans les ronciers, parmi les baies noires des mûres, brillaient des toiles d'araignées. Des feuillus, s'échappait parfois un oiseau à la recherche du soleil. Marie-Jeanne aimait à renverser sa tête pour apercevoir furtivement des morceaux de ciel bleu entre les hauts châtaigniers.

Rosine s'en étant allée au-devant d'eux dans le chemin creux, ils la firent monter derrière à côté de la jeune fille dont elle prit la main. Ce fut ensuite Corentin qui au seuil de la maison l'embrassa en lui offrant un bouquet du jardin.

La table était prête.

Anne et François souriaient. Ils étaient simplement entre eux pour ce repas de fiançailles. Une famille soudée, dans l'amour silencieux les uns des autres.

On n'aurait pas voulu gâter ces jours de joie avec des histoires de loups. L'ami Bléogat aidé de deux compagnons, saisonniers comme lui, avaient assez enfumé les alentours. L'odeur du charbon de bois flottait jusqu'au marais, et les « diablotins » devaient avoir rejoint l'Enfer.

La femme de l'Henri et la bonne Louise, aidées de Marie-Jeanne, s'étaient activées au four à pain commun sur la terre de la patronne. Il n'y avait jamais eu de litige entre elles comme dans certains villages où l'affaire était menée devant le magistrat ! Anne, qui devait ménager ses forces, enveloppait les miches de pain dans de blancs torchons et les serrait dans la huche. La tâche des garçons consistait à tapisser de draps la grange dans l'éventualité d'une vilaine pluie. À Rosine, revint le travail délicat d'y accrocher des fleurs. Elle fixa également des rubans rouges à chaque ruche.

Corentin, qui n'avait jamais revu ses parents depuis son engagement puisqu'ils ne s'étaient jamais souciés de lui, apprit par Jean-Marie qu'il aurait à ses côtés un père bien vieux, veuf, et pas fier, qui voulait la réconciliation avant de mourir. « Ah ! le patron ! il en avait de ces idées. » Celle-là était sans doute soufflée par Anne… « Coco » avait l'esprit chiffonné à l'idée de cette rencontre.

Bridesoie et Auguste avaient terminé leur ouvrage et accompli des prodiges. Dans la cuisine flottaient des odeurs à vous faire saliver. On empilait les crêpes, on préparait de grandes tourtes de far pendant qu'on pressait le lait caillé. Quelques femmes étaient venues aider malgré la chaleur. Certaines cuisinaient dehors de la viande douce : les tripes qui seraient meilleures réchauffées, et le ragoût de bœuf incontournable. Fistoulig, à l'affût, recevait parfois des rognures qu'il attrapait au vol, faisant rire les matrones. Tout ce petit monde chantait. Des complaintes à vous fendre l'âme mais surtout des airs de circonstance dont les futurs mariés faisaient les frais.

Au matin des noces, qui aurait reconnu la vachère embrassant le museau des vaches en cette radieuse princesse éblouissant les invités venus à cheval pour escorter son char à bancs fleuri ? Le cousin Louis et sa fratrie avaient dû quitter Commana au lever du soleil. Les sonneurs étaient présents pour taquiner d'accords guillerets le beau Corentin arborant ses habits neufs, et dérider le patron fulminant après ses chaussures et ses boutons de guêtre ! De plus il supportait mal d'être à jeun, puisqu'il allait communier…

Le ciel sans nuage permettrait de faire la fête en plein air où s'alignaient déjà les nappes sur les planches. Le patron ne pestait plus, et fut rempli d'orgueil lorsque sa fidèle compagne apparut au bras de François. En une fraction de seconde il réalisa que celui-là ne se marierait pas puisqu'il persistait dans ses idées de prêtrise. Il fallait donc attendre plusieurs années avant de conduire Rosine à l'autel. Justement celle-ci passa le seuil de la porte et s'immobilisa à la vue de ce charivari inhabituel dans la cour.

Qu'elle était belle grâce au cadeau mystérieux de Marie-Jeanne ! Sa coiffe – qu'elle n'avait portée qu'à l'occasion de Pâques – encadrait son visage où ses grands yeux bleus semblaient toujours s'émerveiller sur le monde. Jean-Marie fut à ce point ému qu'il essuya une larme. Il la présenterait au concours de la Rosière, elle ne pourrait qu'être reine ou duchesse.

Le cortège s'ébranla en musique dans le chemin creux d'où s'en sauvèrent (foi d'animal) mille bestioles au travers des bois. Sur la route, les cavaliers montés à cru excitèrent leur monture dans une course infernale. Bien avant l'entrée du bourg, les habitants assis sur les talus attendaient la cavalcade. On récompensa le gagnant avec des rubans qu'il partagea avec son bidet. Là, ce fut un beau désordre. On attacha les équipages sur la place aux Cochons.

Certains burent un godet à la sauvette, payé par le garçon d'honneur investi par l'usage. Corentin reconnut son père sur le placître, malgré ses cheveux blancs. Ils s'étreignirent. Seul le vieux eut les yeux noyés de larmes.

Après avoir attendu quelques instants les retardataires, on régla le cortège pour entrer dans l'église. Lorsque François entonna un brillant alléluia, Anne sentit son bébé tressaillir. Au bras l'un de l'autre, le bonheur des mariés illuminait leur sourire. Jamais ils n'auraient osé rêver pareille bénédiction. Ils venaient tous deux de si loin ! Quel parcours !

Marie-Jeanne aperçut dans l'assemblée des femmes la « dame de compagnie » de son père. Était-elle venue pour le représenter ou pour compenser ses manques ? On prendrait soin d'elle toute la journée et ne l'oublierait pas dans les temps à venir. De Marie-Jeanne émanait le parfum de sa guirlande d'oranger ornant sa coiffe et galopant tout au long de sa robe jusqu'à l'ourlet. Sous le porche, même les douze apôtres rangés contre la pierre semblaient leur faire une haie d'honneur. À la vue des mariés, les sonneurs, bombardes et binious, ainsi qu'un tambour, assis sur les marches du calvaire, se levèrent pour jouer, car le recteur en personne donna le signal de la première danse. Anne eut un frisson en entrevoyant l'Ankou de granit à l'angle de l'ossuaire. Elle effaça cette vision du squelette à la faux en portant son regard sur la charmante Rosine qui esquissait ses premiers pas auprès d'un cavalier de son âge.

Qui a assisté à cette noce ne peut démentir ce récit. Le ciel bleu, les oiseaux, chaque brin d'herbe qui en furent témoins s'en souviennent encore ! Il fallut traverser Brasparts au milieu d'une haie de badauds qui parfois se joignaient au cortège. Ils firent halte à quelques auberges où de rares privilégiés s'agglutinaient pour entrer. Le reste de la troupe, sollicité par les musiciens, dansait une gavotte, l'estomac dans les talons. Si l'espace le permettait et si le public en redemandait, les garçons se défiaient en faisant des bonds à décrocher la lune !

Jean-Marie et Anne lâchèrent discrètement leur monde pour accueillir les invités dont le nombre croissant commençait à leur donner de l'inquiétude.

Le paysage en devint méconnaissable. Dans ce vallon comme isolé du monde où l'on devinait la présence humaine à la fumée de ses trois maisons, seul l'aboiement d'un chien ou le grincement du puits dérangeait le silence en y répercutant l'écho.

Aujourd'hui ce n'étaient que chants, rires et applaudissements, car entre deux plats chacun y alla de sa chanson. Sur l'aire, dans la cour, on grillait des andouilles et du boudin sur des braseros. Le barde, avec son talent d'improvisation, versifia des couplets appropriés. Bléogat, qui ne craignait pas de se brûler, apporta le chaudron de tripes et servit les intéressés – ceux qui ne craignaient pas de faire éclater la bedaine et pourraient même honorer le ragoût de bœuf et les desserts… et ceux qui avaient pensé à apporter la cuillère et le couteau !

Les enfants grappillaient, puis s'esquivaient tour à tour, libres, charmants, infatigables. François qui n'avait jamais assisté à un mariage fut très ému lorsqu'à la fin des agapes son père réclama le silence pour faire réciter un *De profundis* en souvenir des défunts. Par quel miracle ces femmes survoltées par l'animation et ces hommes excités par la victuaille et la boisson purent-ils d'un même élan se recueillir dans le respect de la tradition ? Profitant du silence, Jean-Marie remercia ses invités et Corentin s'éclaircit la voix pour proclamer à l'assemblée sa reconnaissance à ses patrons. Il fit serment de les assister jusqu'à leurs vieux jours. Les dames essuyèrent quelques larmes et consolèrent le père de Corentin qui demanda pardon.

L'émotion passée, à la vitesse d'une bonde de cidre bouché, les rires et les plaisanteries un tantinet grivoises reprirent de plus belle. Au déclin du soleil, l'air fraîchit. Les musiciens n'en pouvant plus s'épuisaient maintenant à vider des chopines. Des couples amoureux, se tenant par le petit doigt, s'évadaient au long de la rivière. Quant aux vieux, ils avaient accepté avec joie de suivre Anne dans la grange décorée où des bancs attendaient leur fatigue. Rosine, à qui on avait permis le cidre, s'attardait au bras de son cher Yves, lui déclarant qu'elle se marierait avec lui, seulement avec lui.

Les mariés firent les honneurs de leur nouveau foyer à leurs amis. Ils n'eurent pas loin à aller puisque le bâtiment jouxtait la maison des maîtres. Marie-Jeanne ouvrit l'armoire afin que les dames puissent admirer les draps et chemises tissés par ses soins.

On ne racontera pas la cérémonie et les simagrées obligatoires de la jeunesse au moment du coucher des mariés ! On joua de la crécelle, on taquina

Corentin en empêchant la fermeture des portes du lit clos. Marie-Jeanne déclara en riant aux coquins qu'ils en étaient pour leurs frais, car elle garderait ses trois jupons, décidée à offrir sa première nuit de noce à la Sainte Vierge. Corentin fit mine d'être fâché et menaça d'aller jusqu'au matin chez Philomène. On ne sut jamais la vérité.

XIX

Une naissance aux feux de l'été

LE LENDEMAIN, chacun paraissait hébété. On s'était tant donné ! Après les soins aux animaux il fallut rassembler le mobilier épars et faire le point sur la nourriture restante. Au souper, ce serait au tour des mendiants, des chiffonniers et des éclopés de faire un peu la fête. Nul besoin d'invitation, ils étaient tous au courant et viendraient, qui sur les béquilles, qui tirés par une voiture à chiens comme la trimardeuse. La cour, hier antichambre d'un château, devint la « cour des Miracles ». Du plus loqueteux au plus vagabond ils avaient fait toilette. Marie-Jeanne n'en fut pas surprise. Elle seule avait revêtu son costume de noces pour leur faire plaisir parce qu'ils étaient dignes.

L'ordre du repas ne fut pas chronologique. On mordait une part de far, on déchirait un lambeau de jambon et on ne manquait pas de lever la timbale « au bonheur des époux » et « à la bonne santé des généreux patrons ». Pour sûr ceux-là iraient au

Paradis ! Corentin dansa avec la plus vieille et Marie-Jeanne fit face à un pauvre hère efflanqué qui lui dédia un sourire édenté. Au soir, certains dormirent dans la paille et s'en furent au chant du coq après un bol de lait.

Les hommes, non seulement inutiles dans la maison mais encombrants, se décidèrent, à la suggestion de Jean-Marie, à s'occuper des ruches. « Vous n'avez pas fini de tournicoter autour de nous ? » avait même dit Anne.

Elles étaient maintenant au nombre de douze, ces ruches. La nature avait été prodigue avec ce bel été et l'on comptait sur la vente du miel plus que jamais nécessaire après toutes ces folies. Leur maître c'était Jean-Marie. Il connaissait par cœur leurs comportements, et transporter une reine pour démarrer un nouvel essaim était une routine. Les ruches faisaient penser à de gros chapeaux de paille.

Yves avait refusé de les accompagner. Affronter un taureau il pouvait, mais les insectes… Avec les poux et les puces de foin il faisait bon ménage mais une abeille ou une guêpe qui s'aventurait dans une manche ou se cachait sous une pomme au grenier et vous lardait au supplice. Merci !

« Je vais remiser tous ces beaux effets dans le haut de l'armoire », édicta Anne.

Les dames plièrent comme des reliques gilets brodés, velours et dentelles. La patronne reprit, à l'adresse de sa servante :

« Des deux piles de draps datant de mon mariage il n'en reste plus guère. L'usure, et plusieurs partis en linceul… »

Du haut de son tabouret elle fit un signe de croix et perdit l'équilibre. En tombant elle heurta le bank-tossel. Livide, elle reposait sur le sol de terre battue, les deux mains sur le ventre, cherchant la respiration. Marie-Jeanne se pencha sur elle en lui mettant un mouchoir humide sur le front. Rosine affolée sortit dans la cour et hurla :

« Yves, à l'aide ! »

Il lâcha les guirlandes de la grange qui pendirent en se déchirant.

« Ma'm ! Ma'm ! »

Il lui fit boire de l'eau fraîche. Elle ouvrit les yeux et murmura en montrant son ventre :

« C'est le bébé, c'est le bébé… »

Ils glissèrent un coussin sous sa tête et un tapis sous les reins. Elle gémit. Marie-Jeanne découvrit, en abaissant la jupe, qu'elle avait du sang sur les mains.

« Dieu c'est pas possible ! » murmura-t-elle.

Consciente qu'il fallait faire vite, elle houspilla Yves :

« Allez, enfourche le cheval et fonce chez l'accoucheuse. Tu la ramènes en croupe, pas de temps à perdre. »

Résignée, Anne retenait ses plaintes, serrant la main de Rosine dans les moments insupportables.

Marie-Jeanne alluma discrètement un cierge devant l'image de sainte Anne pour conjurer le mauvais sort.

La matrone arriva, rougeaude, bougonne, suante.

« On a pas idée de caracoler de la sorte », grommela-t-elle en jetant un regard assassin à l'adresse d'Yves.

Elle se lava les mains, retroussa ses manches en réclamant des serviettes et une cuvette. « Ça va aller, ça va aller », répétait-elle pour se convaincre elle-même.

« Les hommes, à la porte ! »

Yves sortit penaud et inquiet. Quel spectacle pour la fillette ! Elle avait assisté à la naissance du poulain et des porcelets, mais sa mère, ouverte, tenaillée ; ce paquet sanguinolent émergeant à moitié du corps rompu… Elle détourna les yeux en s'accotant au vaisselier. L'air pesant fut déchiré par un cri. À genoux auprès de sa mère d'adoption, Marie-Jeanne sauta sur ses pieds :

« Il est vivant ! Un beau garçon ! C'est le patron qui va être heureux. »

La matrone triturait le crâne du bébé comme elle aurait tâté un melon. Cela fit sourire Anne, heureuse de sa délivrance et du malheur écarté. Elle ne pouvait pas rester par terre comme un chien. On récupéra la paillasse de Corentin devenue inutile. La servante, maîtresse de la situation, ordonna à Rosine d'aller aux ruches prévenir les hommes.

La fillette ne pensa ni au loup ni aux serpents. Elle amorça la montée de la « colline », essoufflée, le bonnet de travers. Entourés d'une nuée d'abeilles, ils s'appliquaient à retourner une ruche afin d'égoutter les rayons et gratter la cire.

« N'approche pas, petite ! lui cria son père. Elles sont furieuses.

– Pa'p, le bébé il est né… C'est un beau garçon roux.

– Vrai ? Vous entendez les gars ? Un garçon ! Continuez sans moi. » Ils coururent tous deux vers la maison, Jean-Marie faisant les demandes et les réponses. « La Ma'm ? ça ne va pas, hein ? Il est arrivé quelque chose ? Oui c'est un petit gars. »

Pris de court, on avait fabriqué un berceau de fortune. Serré dans ses bandelettes, le bébé reposait sur une serviette dans un panier à fruits. Celui qui servait à la cueillette des pêches. Son duvet roux lui donnait déjà du caractère.

Le nouvel essaim chapeauté, François et Corentin dévalèrent à toutes jambes le tertre où l'herbe aurait déjà mérité un coup de faulx. Les cris perçants du nouveau-né se jouant des haies et de l'épaisseur des touffus leur parvinrent aux oreilles.

« Eh bien, celui-là, il a des poumons ! J'espère qu'il saura chanter, plaisanta François. Avoir un petit frère, à mon âge, c'est drôle non ? »

Il réalisa à l'instant qu'Yves, le sans-famille, aurait bien aimé avoir un petit frère.

Après un regard attendri au nourrisson, François se pencha sur sa mère. Il était le premier à s'en soucier depuis la naissance. Cette attitude n'étonnait pas Anne puisqu'on agissait ainsi avec toutes les génitrices.

« Ma'm, ce petit est en avance. Pourquoi est-il si pressé ? »

Rosine qui avait beaucoup appris ces dernières minutes intervint :

« La mère est tombée du tabouret en serrant des affaires dans l'armoire.

– Tu as fait cette imprudence, Ma'm ? Tu es peut-être blessée, il faut voir un docteur…

– La carcasse est solide mon gars. J'aurai sans doute des bleus, ce n'est pas grave puisque c'est la couleur des garçons. »

Elle rit. Il fut rassuré.

Le bébé ne pleurait plus, passant de bras en bras. Lorsqu'il se trouva dans ceux de Jean-Marie qui crut bon de le faire sautiller, il le fixa du regard et se mit à hurler :

« Allons bon ! Il a peur de moi ce vermisseau. »

La matrone, un peu vexée de ne recevoir aucune attention, déclara qu'il avait faim. L'arrachant au bras du patron, elle lui fit téter une cuillère de cidre et délégua un garçon à la recherche d'une nourrice, Anne ne devant l'allaiter qu'après le baptême.

Jean-Marie enfourcha son canasson en direction de l'église pendant que les femmes passaient en revue les noms possibles d'un parrain et d'une marraine.

Le recteur, occupé à couper des roses fanées dans l'enclos (le jardinage, c'était son péché mignon), abandonna son sécateur pour faire sonner par trois fois la grosse cloche. Le baptême aurait lieu dans deux jours et la cérémonie des relevailles dès qu'Anne tiendrait sur ses jambes.

L'entrée de Jean-Marie à l'auberge expliqua aux clients les trois coups de cloche : il avait un garçon.

« J'offre la tournée, leur dit-il. Une bouteille d'un bon vin Philomène. Je le mérite bien !

– C'est toujours comme ça, marmonna la patronne en tirant le bouchon. La pauvre accouchée a bien souffert et c'est le mari qu'on va plaindre. »

On rigola. On trinqua. L'heure suivante tout le bourg était au courant et les commères se firent conduire auprès de la maman avec un modeste présent. Anne se trouvait précisément seule avec le bébé, les autres s'activant auprès des bêtes par nécessité, et la matrone partie à la recherche d'une généreuse mamelle.

La cuisine devint une volière dont les pépiements résonnaient dans le lit clos. Et de s'extasier sur le bébé, et chacune de raconter son accouchement le plus dramatique ou le plus original ! L'une d'elles glissa un chapelet dans le panier-berceau, une autre une pierre en forme de croix. Oubliant sa modestie,

Rosine montra le bonnet perlé qu'elle avait confectionné pour le baptême.

L'arrivée de Jean-Marie fit l'effet d'un caillou dans une mare à grenouilles. Les visiteuses quittèrent le lieu comme prises en faute, sans toutefois oublier de saluer le maître en le félicitant. Les reins cambrés, mains sur les hanches, il se tenait sur le seuil, aussi fier qu'un coq. Au soir, ceux qui étaient partis « en mission » revinrent avec une réponse positive. Tous les problèmes étaient résolus, sauf un. Restait en suspens le choix du prénom de l'enfant qui incombait au parrain et à la marraine. Anne qui respectait les convenances ne disait mot mais tremblait à l'idée d'un nom fantaisiste qui n'aurait rien de chrétien. Elle n'eut pas longtemps à se ronger les sangs. La « commère » et le « compère », cousins de Saint-Rivoal, avaient accepté avec joie leur responsabilité. Après concertation ils avaient retenu le prénom d'un grand-père commun : Hervé. Dans la maisonnée on se régala de ce judicieux prénom puisqu'en plus d'honorer les cendres de l'aïeul on donnait à l'enfant la protection de saint Hervé, patron des loups.

Anne n'assista pas au baptême mais trouva la volonté d'être présente à l'église de Brasparts pour la cérémonie de ses relevailles. Jean-Marie, avec humour, dit à la sortie que depuis quelque temps ils vivaient avec le recteur et que les habitants devaient renâcler de voir toujours les mêmes têtes…

XX

L'adieu à François

Ce fut un mois de septembre sans rupture avec les semaines de l'été. Parfois une pluie bienfaisante contentait le potager et les canards, mais juste ce qu'il fallait pour rafraîchir l'atmosphère et permettre aux hommes de récolter les pommes.

On parlait à voix basse du séminaire et de l'école laïque. Ces désertions navraient tout le monde, même les amis du hameau qui s'arrangeaient d'une vie fluide comme un ruisseau. L'envol de la jeunesse c'était un tassement sur les épaules pour les « vieux ». L'impitoyable fuite du temps.

Anne se remettait bien de ses couches et regardait son bébé avec extase. Rosine, qui à l'ordinaire participait ou assistait par curiosité aux travaux des champs, prétextait n'importe quoi pour rester près du petit. Il détrônait sa poupée de chiffon.

L'union de Corentin d'avec Marie-Jeanne ne changea pas grand-chose dans leur rapport avec la famille. Ils travaillaient tous deux dans la joie, satisfaits d'avoir renoué avec leur passé respectif. Marie-Jeanne, heureuse d'avoir un chez-soi, quittait la veillée plus tôt sans rien négliger de son service. Quant à l'ami Bléogat, il avait livré son charbon de bois et devant la demande rallumait sa meule. Il avait assisté à la noce avec des habits d'emprunt. S'il pensait être irrésistible, il eut la déception d'entendre Rosine lui déclarer :

« Tu vois, moi, je t'aime mieux en sauvage. Maintenant ce n'est plus toi.

– Alors, tu ne m'aimes plus ?

– Pour sûr ! Qu'est-ce que tu vas chercher ? Là tu ressembles à un monsieur. Pas celui qui met les collets et imite le chant des oiseaux. »

La leçon reçue, un jour le charbonnier vint chercher la petite, les mèches de cheveux rougeoyantes comme des flammes d'incendie débordant de son feutre, et la chemise de chanvre au laçage défait sur sa poitrine d'ours.

« J'ai un nouvel habitant dans ma hutte. Il faut que je te le présente. Vous permettez Ma'm ? » La patronne acquiesça d'autant plus que Rosine refusait de quitter la maison. La fillette donna la main au charbonnier. À son tour de se faire protéger. Pas jalouse, elle ressentait toutefois qu'en ce moment il n'y en avait que pour le bébé !

Les quelques pluies passagères ne suffisant pas pour alimenter normalement la rivière, celle-ci laissait voir ses berges creusées de cavernes où logeaient les ragondins et les rats d'eau. Parfois c'était un enchevêtrement de racines à la base des saules d'où émergeaient les poules d'eau. Bléogat fit stopper la fillette pour lui montrer le manège incessant d'un martin-pêcheur qui s'enfouissait parmi les roseaux où sans doute il nidifiait. Rosine s'étonna de la délicatesse de son ami qui admirait la danse des libellules.

« Tu vois la vitesse des battements d'ailes ? Elles semblent fragiles avec leur transparence. Et cette couleur bleue, verte aussi. Comme la mer. C'est vrai, tu ne connais pas la mer… Quand elles descendent sur une feuille de nénuphar sans même la faire frémir, on dirait des notes de musique… »

La petite n'avait pas tout compris mais elle trouvait que son ami disait de bien belles choses.

On devinait la proximité de la hutte aux légères fumées qui s'échappaient encore d'une couronne noirâtre. Elle s'amusa de voir ce géant baisser la tête pour pénétrer dans sa maison de poupée qui l'étonnait toujours.

« Comme tu le vois, on peut vivre avec peu de choses. »

Une paillasse, une souche pour table, deux étagères de bois mal équarri constituaient le mobilier. À un clou, la houppelande – sa seconde peau – attendait l'hiver. Bléogat tira de l'ombre une cage où s'affola un petit animal.

« C'est mon nouveau furet pour chasser le lapin. Il est plus rapide que mon fusil.

– Et l'ancien furet, tu l'as mangé ?

– Non, c'est lui qui s'est fait boulotter ! » Elle rit et risqua ses doigts à travers les barreaux pour caresser l'animal.

« Jamais cela ! Il a des dents comme des aiguilles. On va lui donner une pomme, et nous, on va rentrer faire le cidre. »

On ne les avait pas attendus. De la grange parvenaient les ordres et les fulminations de Jean-Marie. Groupés autour du pressoir, les hommes y alternaient des couches de pommes et de paille. Cramoisis sous l'effort, Yves et François s'arc-boutaient sur le pas de vis. Pour l'instant, Corentin, de premier valet, se voyait baptisé « maître de chai » et but les premières gorgées de jus de pomme. À la façon dont il ferma les yeux et claqua la langue contre son palais, on comprit que le cidre serait fameux. Le charbonnier, un peu confus de son retard, prépara la barrique. En cette fin d'automne, guêpes et abeilles au vol fatigué décrivaient de lentes arabesques aux alentours du pressoir. Rosine, plus apeurée qu'attentive, regagna la maison.

Dans un grand silence, Ma'm préparait le trousseau de François. Accompagné du recteur et de son père, celui-ci se rendrait en char à bancs jusqu'à la malle-poste pour le séminaire de Pont-Croix. En pliant la chemise de chanvre qu'elle avait tissée de ses propres mains, Anne sentit couler des larmes. L'Église lui demandait beaucoup en lui enlevant son enfant. La venue du bébé était une consolation, non une compensation…

Ils s'étaient tous donné le mot pour que la veillée ne soit pas funèbre. Des fermes d'en haut ils descendirent tous : les femmes avec des gourmandises, les hommes munis de leurs instruments de musique. Yves, qui perdait « son frère », fut plus fou que jamais. On abusa peut-être de l'eau-de-vie de cidre au point de faire rougir les dames avec des polissonneries ! Rosine pouffait dans ses mains ou faisait semblant de ne pas comprendre. On s'assagit lorsque les hommes attaquèrent les chants de la montagne, avec cette voix particulière qui n'appartient qu'aux monts d'Arrée. Avant de se quitter on chanta un cantique, ce qui fut plus dans le registre du recteur, bien bon d'être présent.

À l'aube, Jean-Marie attela. Avec une brusquerie qui cachait son chagrin, il hâta les adieux. Lorsque Anne entendit les roues grincer sur les pierres du chemin creux, elle ne put s'empêcher de penser à l'Ankou qui lui ravissait son garçon.

XXI

La mort entrevue

LE VALLON PRIT DES HABITS D'OR. Les cimes des châtaigniers s'enflammèrent de roux et, sur la lande, les bruyères prirent des couleurs d'améthyste. Au long de la rivière, les premières feuilles des saules dérivaient à la traîne, se frayant un chemin parmi les nénuphars, et les sphaignes du marais s'affligeaient comme des traces de sang.

Le cheval qui conduisait Rosine à l'école s'évanouissait au petit matin dans une fraîcheur que l'on avait oubliée. Le petit Hervé prenait aussi des couleurs. Au lait maternel, Anne ajoutait un repas de bouillie. Son appétit concurrençait celui de Jean-Marie, fier de ce point commun avec son rejeton.

Ce jour-là il ne fallait pas compter sur les femmes. On mangerait froid. Jour de grande lessive ! Grâce à Bléogat, Marie-Jeanne ne lésinerait pas sur la cendre. Elle se chargea de la brouette, alourdie de la lessiveuse, tandis qu'Anne portait le baquet de bois et les brosses.

Elles trouvèrent Louise agenouillée dans son carreau, qui ne les entendit pas à cause du bruit cadencé de son battoir. À peine s'interrompit-elle pour les bonjourer. Les lavandières se mirent à l'ouvrage, frottant, frappant, tordant. Les rides sur la rivière n'emportaient pas leur tristesse. Ce jour, pas de cœur au bavardage. Anne penchée sur l'eau ne se mirait pas pour admirer son image. Elle laissait filer une longue pièce de toile et l'agitait tel un drapeau à contre-courant afin de lui faire dégorger toute impureté.

Seul, un héron cendré à l'œil rond, se confondant avec les roseaux, aurait pu témoigner.

Fut-elle entraînée par le poids du linge ? Son carreau glissa-t-il sur la berge ? On entendit un grand plouf ! Anne en tombant provoqua un tourbillon puis une multitude de bulles à la surface. Elle disparut. L'eau se referma. D'un même élan, Louise et Marie-Jeanne se précipitèrent pour agripper au hasard un bras ou un pan de jupe… Elles l'arrachèrent à cette tombe liquide. Sans vie, la femme se laissa hisser, puis traîner sur l'herbe. Sa face livide la tenait pour morte. Tandis que Louise poussait des gémissements et faisait des gestes inutiles, Marie-Jeanne avec sang-froid secoua la noyée et, avec une présence d'esprit qu'on loua par la suite, la renversa sur le flanc en lui tapant vigoureusement dans le dos. Anne eut un hoquet et sa bouche rejeta de l'eau.

« Encore Ma'm ! crachez ! crachez ! »

Avec une énergie dont elle ignorait être capable, Marie-Jeanne sans relâche frappa du plat de la main dans son dos puis actionna ses bras comme une pompe.

Anne ouvrit les yeux, étonnée de revenir des Enfers, et fut prise d'une quinte de toux interminable. Louise s'était enfuie pour aller chercher du secours ; il ne tarda pas. Corentin, occupé à bourrer un matelas, arriva en courant et comprit à la vue de la patronne qu'elle revenait de loin. Les vêtements collés au corps, elle paraissait si menue… Le bonnet ayant disparu, de longues mèches dégoulinantes barraient son front. De la glaise maculait ses jambes – elle avait perdu ses sabots – et ses mains bleuies aux doigts raidis faisaient comprendre qu'il fallait faire vite. On tenta de l'asseoir dans la brouette mais la position si inconfortable lui fit pousser un cri de douleur. Elle était bien vivante ! Marie-Jeanne pleura de joie. D'un coup, Corentin saisit sa patronne dans les bras comme il l'aurait fait d'un enfant, et partit en courant vers la maison, se souciant peu de distancer sa femme.

À la vue de sa mère, Rosine, qui berçait le bébé ficelé dans ses langes et ses bandelettes, poussa un hurlement qui déclencha ses pleurs. Le laissant brailler, elle le posa dans son couffin et aida Corentin à déshabiller Ma'm qui claquait des dents. Marie-Jeanne arriva essoufflée et s'activa à ranimer le feu avec un fagot de genêt. On étendit la miraculée sur le matelas à peine cousu. Corentin en tira une poignée de paille et la bouchonna comme un cheval. Sur le visage recomposé, s'esquissa un sourire et son sentiment de pudeur la fit se croiser les bras sur sa poitrine. La fillette épongea les cheveux et caressa tendrement les tempes de sa maman chérie.

Lorsque les hommes rentrèrent de la lande où ils commençaient un défrichement, ils restèrent abasourdis sur le seuil en voyant cette scène de naufrage. Anne reprenait vie, habillée de propre avec des vêtements promis à la chiffonnière, le visage maintenant empourpré par la boisson chaude et les frictions. Elle ne répétait qu'une chose : « Je vous en donne du tracas, mes pauvres ! »

Ce fut Louise, revenue aux nouvelles, qui raconta. Estimant qu'ils étaient assez nombreux autour de ce matelas encombrant, Yves partit chercher la brouette et tout le fourbi.

La patronne le héla :

« Regarde si tu trouves mon bonnet, les sabots et cette pièce de toile neuve partie à la dérive ! Une si belle toile ! »

On retrouvait la patronne avec son sens pratique. Ils se regardèrent tous, incrédules. Jean-Marie était le seul à pouvoir la calmer.

« Ma'm, ne te fais pas de soucis. Yves va ramener tout, repose-toi… »

À la maisonnée, sans que l'on se soit concerté, on ne parla plus de l'accident, d'autant plus qu'Anne, malgré une toux récalcitrante, avait repris ses activités comme auparavant. Par contre Louise, avec sa langue bien pendue, avait lancé l'histoire qui, comme la calomnie, s'était enflée et amplifiée. Elle s'y donnait d'ailleurs le beau rôle, ce qui faisait rire la famille. François au loin était tenu dans l'ignorance.

À la tristesse de la séparation, à la nécessité de s'acclimater à une nouvelle vie, on ne pouvait pas ajouter ce drame qui le jetterait dans l'inquiétude.

Jean-Marie était revenu bouleversé de son voyage. Le séminaire, au cœur de la ville, confisquait des jeunes gens qu'il aurait voulu voir aux champs. Un petit jardinet où s'efforçaient de pousser quelques géraniums, un potager lilliputien, le chat du concierge représentant la gent animal et une série de portes fermées sur un long couloir carrelé : voilà l'univers où vivrait François… D'un coup d'œil, il avait embrassé le dortoir qui lui rappelait un séjour lointain à l'hôpital. Le supérieur leur avait fait bon accueil. S'était-il efforcé d'être ainsi paternel, ou était-il bon de nature ? Jean-Marie, peu démonstratif, avait serré « son petit » contre lui comme pour le protéger une dernière fois.

« Pardon, Pa'p, murmura François.

– De quoi, mon gars ?

– De vous abandonner. Il y a tant de travail au hameau !

– On ne va pas se plaindre. C'est surtout à toi qu'il faut du courage… »

XXII

La « folie » de monsieur le comte

Aujourd'hui la maisonnée avait repris son rythme de croisière. Après les pommes c'étaient les noix et les châtaignes. À la veillée, Rosine, armée d'un petit marteau, imitait les gestes de Marie-Jeanne. Avec son romantisme elle aimait ces soirées où la bougie allongeait de grandes ombres et provoquait des zones obscures dans le fond de la pièce. Il lui aurait coûté d'aller y quérir un objet. Elle imaginait partout des yeux de loup et se rassurait d'étreindre un marteau ! La mère ébouillantait des châtaignes pour en faire des confitures. Chaque année elle affirmait que « ce sera bien la dernière fois ! ». Les hommes taillaient l'extrémité de longs morceaux de bois fournis par Bléogat, jusqu'à les effiler en vue de faire une clôture pour dissuader sangliers, renards et… loups. Marie-Jeanne se récria :

« C'est un procédé cruel d'empaler les bêtes… Vous les hommes, vous êtes des sauvages.

– Tu préfères qu'on nous bouffe nos poules et qu'on saccage nos choux ? » lui dit Corentin.

Jean-Marie, dans sa tête, avait relevé ce « nous ». Il était heureux de constater que le jeune couple se considérait toujours de la famille. Il avait pourtant des soucis : demain 29 septembre, la Saint-Michel, c'était pour beaucoup jour de pèlerinage et de réjouissances. Lui voyait la date fatidique de régler le fermage et depuis des années il tremblait de n'être pas solvable. Pour Corentin cette date était un anniversaire. On embauchait valets et servantes avec contrat à l'appui. Quelle chance il avait eue !

De temps en temps, lorsque les piquets formaient une pyramide, Yves ouvrait la porte et les évacuait dans la grange. Il aurait été plus simple d'opérer là-bas directement, mais ils préféraient rester ensemble, et comme l'assurait Ma'm « on aura vite fait de balayer le chantier ». Auguste le menuisier était même venu leur donner un coup de main. Manier le tranchoir, il était expert, mais il était surtout maître pour raconter des légendes à vous faire dresser les cheveux sur la tête...

Rosine, qui ne s'était jamais lassée d'apprendre à lire et écrire à Corentin, était fière de son élève. Dans quelques jours elle irait à cette nouvelle école où l'on vous oblige à pratiquer le français. Corentin la fixa tout de suite :

« À ce jour je lis le breton, ne m'embête pas avec un nouveau parlé ! »

Le 29 septembre à la Saint-Michel il accompagna le patron pour régler le bail. Dans la charrette, un sac de grain, un chapon et de la confiture de rhubarbe – le vieux comte en était gourmand – représentaient le complément du fermage. Ils portaient leurs habits de noce, ainsi le tailleur n'aurait pas travaillé uniquement pour la cérémonie ! Et puis, franchir le seuil du manoir en sabots et veste de laine mal dégrossie aurait senti l'affront. Le comte n'avait jamais envisagé de faire les affaires à l'auberge comme la plupart des propriétaires. Depuis des années, Jean-Marie parcourait la même allée ombragée de chênes centenaires. La grille ouverte leur fit comprendre qu'on les attendait.

Un mur d'enceinte de beau granit gris agrémenté à sa base d'énormes massifs d'hortensias et de rhododendrons protégeait de la vue le logis du maître. Abandonnant la charrette, ils passèrent une porte basse au linteau en accolade, surmontée d'un blason où l'on discernait – malgré l'usure du temps – une hermine se mordant la queue. Corentin dut baisser la tête pour franchir le seuil. Les ailes du manoir formant un carré entouraient un jardin d'agrément. Jean-Marie dans un rapide calcul mental évalua les rangs de haricots ou de pommes de terre qui pourraient remplacer cette coûteuse rocaille d'où s'écoulaient, par un ingénieux stratagème, des ruissellements perpétuels. Il fut étonné de ce manque à gagner !

Le comte les fit pénétrer dans une salle haute époque où la grande cheminée et les portraits d'ancêtres à jabots de dentelle laissaient deviner les fastes d'antan. Les deux arrivants cachèrent leur timidité en dégustant à petites gorgées un nectar venu du ciel plutôt que de la cave. Pour le vieux bonhomme rien ne compta plus que cette confiture de rhubarbe dont il demanda la recette !

Tout à trac il félicita ensemble le marié et son beau-père et, l'émotion lui brisant la voix, rappela qu'il avait installé les parents de Jean-Marie dans cette maison. Que celui-ci, grâce à son travail, en avait fait une ferme modèle.

« Bref, je suis vieux, sans héritier, avec de bons revenus, et je tiens – ne vous récriez pas, c'est tout réfléchi – à vous mettre cette maison et ses dépendances à votre nom. Gardez l'argent du bail, vous me fâcheriez. »

Jean-Marie faillit lâcher son verre de cristal qui venait de Bohème ou de Murano… Il devint cramoisi d'entendre pareille sornette. Monsieur le comte perdait sans doute la tête et, dans l'euphorie que lui causait leur visite, était prêt à se dépouiller pour gens qui ne figurent même pas sur l'arbre généalogique !

« Monsieur le comte, dit Jean-Marie en se levant et en triturant son chapeau qu'il avait déposé sur l'angle de la table à entretoise, ma famille ne peut accepter pareille générosité… Il est vrai que nous avons amélioré les lieux, mais vous êtes déjà bien bon de nous en laisser le loisir, et... »

Le vieil homme le coupa et dit d'un air de reproche :

« Jean-Marie, tu veux m'empêcher de faire une bonne action ? Je te pensais chrétien ? Tu as vu ce manoir aux douze fenêtres. Je suis seul maintenant à déambuler d'une pièce à l'autre sans jamais entendre le babil d'un frimousset. Que ferais-je de ta maison ? Aimerais-tu mieux que sa vente rejoigne les sequins de Napoléon III ? »

Là le comte avait touché juste. Jean-Marie, mis au courant de la politique par son ami Auguste, avait entendu parler des fêtes de la cour impériale et, bien qu'il se conduisît comme un bon citoyen, ne pouvait supporter l'idée de savoir les fruits de son travail convertis en dîners fins arrosés au champagne.

Il accepta le don extravagant. Corentin, dans son for intérieur, conclua que son jeune ménage serait à l'abri jusqu'à ses vieux jours. Après de longues effusions de mains et l'accord sur une date pour la signature, les deux hommes quittèrent le comte avec la crainte d'un revirement. Cette Saint-Michel n'était pas banale. On ferait un détour jusqu'à la montagne pour se joindre aux attardés du pèlerinage afin de remercier le saint.

XXIII

Solitude de Jean-Marie

Ils rentrèrent à la tombée du jour au hameau. Le silence des femmes en dit plus long que des reproches. Elles avaient bien travaillé et attendaient. Sur la table, une énorme tourte de pain attestait qu'on avait œuvré au four commun. Dans une grande vannerie, s'empilait le linge fraîchement désépinglé du jardin, et la soupe fumante embaumait. Jean-Marie pouvait être satisfait de la bonne marche de « sa » maison, mais la toux persistante de la patronne portait une ombre sur ce bonheur. Chacun avait suggéré un remède. Yves, qui connaissait toutes les plantes grâce à François, lui avait préparé des décoctions. Marie-Jeanne avec quelques piécettes données aux gamins du Grand Pont avait obtenu des sangsues. Même la matrone venue pour demander des nouvelles du bébé lui avait posé des enveloppements. Rien n'y faisait. Anne était sans cesse secouée d'une toux qui semblait lui arracher la poitrine. Son manque d'appétit et sa fatigue en avaient fait une nourrice sèche, et le petit Hervé poussait au lait de vache.

On pensait bien en arriver à mander le docteur, mais pensez donc, il demandait dix francs alors qu'un journalier ne recevait qu'un franc par jour ! Pourtant c'est ce qu'envisagea Jean-Marie ce soir même. Après s'être débarrassé de ses beaux effets, et avoir repris sa place dans sa tenue préférée, il rompit ce silence lourd de pressentiments avec un ton un peu théâtral :

« J'ai une très bonne nouvelle à vous apprendre. Tenez-vous tous assis. Vous aussi les femmes, arrêtez de tisonner. Monsieur le comte nous fait les héritiers de la chaumière, des écuries et des terres qu'il nous a confiées… »

Il regarda les visages pour juger de son effet.

« Il est défunt le pauvre ? murmura Anne en se signant.

– Il se porte à merveille et il a toute sa tête, Ma'm.

– Ce n'est pas bien de nous leurrer Jean-Marie. Qu'est-ce que c'est cette histoire ? insista Anne.

– Comme je vous le dis. Vous allez dire que j'exagère mais… il aurait pu le faire plus tôt ! »

Un « oh ! » général de désapprobation s'abattit sur lui comme une avalanche de fléchettes.

« Nous admirons son geste, pour sûr, n'empêche que le travail nous a usés, surtout la mère, persista-t-il.

– Je n'ai fait que mon devoir, décréta Anne entre deux quintes de toux. Maison ou pas, nous ne sommes pas gens à fainéanter et à laisser couler le ruisseau.

– Justement. Parlons de ruisseau. Tu as attrapé le mal avec ton plongeon et je suis décidé à t'emmener consulter auprès d'un docteur savant. On a les sous. Te sens-tu la force d'aller jusqu'à Quimper, Ma'm ? »

Chacun approuva l'idée, tandis qu'Anne maugréait pour tant de dérangement. Comme elle était seule contre tous, Jean-Marie avait gagné et Yves enregistra qu'il attellerait dès le matin venu.

Ils auraient pu s'inscrire à la consultation gratuite des sœurs, mais ils auraient attendu des heures et dans une promiscuité de cour des Miracles. Anne était trop fragile pour supporter pareille épreuve. À l'hôpital de Quimper ils prirent rendez-vous pour l'après-dîner.

Au bord de l'Odet ils mangèrent leurs provisions en admirant les activités des bateaux. Des hommes précédant des chevaux halaient des barges chargées de barriques d'où s'exhalaient des odeurs de saumure et de poissons séchés. Certains abordaient la berge en crochetant avec une longue perche. Ils débarquaient des porcs qui se bousculaient sur une passerelle de fortune en poussant des cris aigus de sauve-qui-peut.

Jean-Marie qui ne possédait point de montre questionna un armateur sur un bateau dont on enroulait la voile à quai, pendant que des hommes rinçaient des futailles.

« Il est temps ma belle. Ne t'inquiète pas. »

Il dit cela pour calmer sa propre inquiétude.

Le plus dur pour Anne, c'était d'envisager de se déshabiller !

On eut pas de mal à lui demander de tousser. Sa moiteur dénonça son anémie. Avant son auscultation le professeur avait déjà diagnostiqué une phtisie, maladie qui hélas sévissait depuis la période extrême de disette. Pendant les instants où Anne se vêtait, Jean-Marie questionna le docteur avec anxiété.

« Si vous voulez que votre femme guérisse, il faut nous la laisser un temps. Elle risque de contaminer les vôtres, surtout le nourrisson… On vous la rendra guérie.

– La nourriture ne nous a jamais fait défaut, docteur, se justifia Jean-Marie, et tout le monde nous envie le bon air de nos montagnes !

– Sa chute dans l'eau froide après les suées de la lessive n'a pas arrangé les choses. » Abandonner sa femme à l'hôpital, c'était se noyer lui-même.

Elle ne broncha pas lorsqu'elle comprit qu'elle devait rester là. À l'instant. Sans dire au revoir à la maisonnée. Sans tenir dans ses bras son poupon…

Jean-Marie tenta une ultime remarque sur le fait qu'elle n'avait pas prévu de vestiaire.

« Elle n'en aura pas besoin », édicta le docteur.

Il promit de prévenir François et de revenir dans quelques jours. Sur le chemin du retour, une phrase le hantait : « Elle n'en aura pas besoin. » Le docteur insinuait-il qu'« elle n'en aura PLUS besoin » ? Il fut glacé à l'idée de la voir dans un habit de sapin.

Rosine fut difficilement raisonnable. Pour prendre la tête de la maison et s'occuper de l'enfant, on ne mit pas en doute les capacités et la bonne volonté de Marie-Jeanne.

C'était beaucoup pour le pauvre Jean-Marie. Il avait laissé repousser ses cheveux depuis la noce, ce qui lui donnait déjà un air négligé. Il n'avait cure de garder son chapeau, et son dos voûté avec ses bras allongés sur la table signifiait le fardeau qui s'abattait sur lui. L'argent du bail récupéré et le cidre bien vendu, ils n'avaient jamais été si à l'aise. Disons hors du danger de misère…

Et voilà que… La soirée fut lugubre et les gestes du domestique terminés, chacun gagna sa couche. Auparavant le maître assembla près de lui Rosine, Marie-Jeanne, Corentin et Yves, et prit l'initiative d'une prière devant la petite statuette en faïence de Quimper représentant sainte Anne apprenant à lire à Marie enfant. La tête inclinée, ils reprenaient en chœur les litanies de Jean-Marie. Anne aurait été rassurée sur la foi de son homme qui, par taquinerie plus que par conviction, ironisait sur les pratiques religieuses de « ses femmes ». Si inquiet à cette heure, sa voix pleine de ferveur s'enrouait par l'émotion et Yves en levant discrètement les yeux vit une larme tracer un sillon sur la joue du patron.

Après avoir soufflé la bougie éclairant l'icône, Yves, exténué par une séance au pressoir avec les dernières pommes, demanda la permission de rejoindre sa paillasse dans l'étable. À son tour, Rosine fatiguée par ses premières semaines d'école et son manque de sommeil, s'enfonça avec délices dans ce lit pour « moi toute seule », où elle serait bientôt rejointe par le petit Hervé déjà à l'étroit dans son berceau.

Depuis l'entrée d'Anne à l'hôpital, Marie-Jeanne, qui avait promis de prendre soin du bébé, se retirait chaque soir avec lui dans son nouveau chez-elle. Corentin la suivait, portant le berceau, mais revenait souvent auprès du maître pour la veillée. Ce soir-là il estima délicat de le laisser en tête-à-tête avec l'ombre de sa chère compagne. Il faut dire que le mutisme « du vieux » au cours du souper n'augurait pas une soirée festive ! Lorsqu'il franchit la porte, Corentin comprit la détresse du patron : le fort en gueule n'était plus qu'un pauvre homme. Alors par compassion devant tant de solitude il se permit de poser sa main sur l'épaule de Jean-Marie. Son regard plein de bonté s'attardant sur le sien sembla dire :

« Tenez bon patron. On est avec vous. Viendront des jours meilleurs… » Mais il dit simplement :

« Elle guérira. »

Jean-Marie se trouva absolument seul. Il alla chercher l'eau-de-vie de cidre et s'en versa sans forcer un fond de verre. Anne désapprouvait ce plaisir qu'avaient les hommes de boire cette liqueur de feu et mettait en garde les garçons de sa maison. Chez Anatole et Henri, même grimace. Des idées de femmes ! Il parla tout haut : « Pardon Ma'm. C'est pour boire à ta santé. » Il s'en versa une seconde rasade à la santé de sa maisonnée. Il s'enferma ensuite dans le lit clos et permit à Fistoulig de dormir au pied du tossel. « Toi au moins, tu ne me lâches pas… »

XXIV

Visite à l'éternel amour

Il fut réveillé par les allées et venues de Marie-Jeanne qui allumait le feu, préparait la soupe des cochons et veillait au départ de Rosine. Après un bol de soupe dans lequel elle trempa du pain, celle-ci se coiffa d'un béguin amidonné. Le recteur était exigeant sur ce détail, malgré la vétusté de la classe et les pauvres moyens du fonctionnement de l'étude. C'est Yves qui l'emmenait au bourg chaque matin en croupe du vigoureux bidet. On approchait de la Toussaint, et la nature déjà prenait ses habits de deuil. Le chemin pierreux disparaissait sous un tapis de feuilles aux ors ternis où se mêlaient les bogues des châtaignes attardées.

Les pas du cheval en étaient amortis. Les arbres déshabillés dévoilaient des coins de ciel bleu et l'on pouvait apercevoir, avant le carrefour de la Croix, le clocher à galeries de Brasparts avec sa tourelle ajourée et son clocheton.

Rosine serrait fort la taille de son grand ami Yves. Parfois, elle concentrait sa pensée sur le contact de sa joue contre la rude étoffe de chanvre et s'enivrait de son odeur. Un peu avant l'école il la déposait à terre. Elle réclamait une bise. Il effleurait son front d'un baiser rapide car elle ne se souciait pas du trouble que lui inspiraient déjà les promesses de son corps de femme. Elle aimait ce « grand frère » aux cheveux jamais peignés encadrant un visage piqueté de taches de rousseur et qu'éclairait un perpétuel sourire.

Monsieur le recteur avait parlé d'un éventuel départ et d'une école laïque où les enfants auraient la possibilité d'être interne. « Pour la saison d'hiver ce serait une solution, à cause du froid et des loups », avait murmuré Jean-Marie à Yves. Le jeune homme et Rosine n'avaient pas protesté mais considéraient l'un et l'autre que ce serait abominable !

Jean-Marie qui devait se rendre chez le notaire pour y rencontrer Monsieur le comte afin de régler l'extravagante donation, s'occupait à raser son poil devant la pierre d'évier. Par l'étroite fenêtre, il aperçut Bléogat accompagné du meneur de loups. Il faillit lâcher son coupe-choux à la vue des deux compères. Fistoulig, qui maintenant prenait ses aises, n'avait même pas tressailli.

« Le vent s'est levé qui vous a poussés par chez nous ? leur cria Jean-Marie avec cordialité, mais un soupçon de reproche.

– On vient demander des nouvelles de la patronne. En voilà une affaire ! Il paraîtrait qu'elle est à l'hôpital chez les sœurs ? » dit Bléogat.

Il les fit entrer et s'asseoir en s'excusant de finir ses apprêts.

« Tu devrais faire comme nous, compléta l'autre. À force de vivre dans les bois on ressemble à des sangliers ! »

Jean-Marie, embarrassé de dire où il se rendait, prit en quelques secondes la décision de tout leur dire, quitte à faire des envieux (bien que les deux hommes aient bon esprit). Il s'attabla avec eux en déposant sur la table un pichet de cidre.

« C'est au sujet de cette maison. Vous n'ignorez pas qu'elle appartenait à Monsieur le comte, que j'y suis né, et que mon père y a travaillé dur…

– Eh bien maintenant elle est à toi, coupa Bléogat avec un clin d'œil.

– Vous m'énervez tous les deux avec votre flair et une oreille toujours à la traîne ! Quel est le galapiat qui n'a pas tenu sa langue ?

– Ou une galapiate ? avança le meneur de loups.

– On ne cherchera pas le coupable, trancha Jean-Marie qui l'espace d'une seconde pensa : "Et si c'était Anne." Vous êtes braves de vous enquérir de la santé de mon épouse. Je me caille le sang à ne pas savoir. L'hôpital de Quimper, ce n'est pas la porte à côté. On parle toujours d'une ligne de chemin de fer. Vous les avez entendus les messieurs à col blanc : "On pourrait la faire traverser les monts d'Arrée ? Peut-être qu'il serait préférable de desservir la côte ?" Et nous alors, on peut crever… ? »

Il s'excitait à en oublier l'heure de son rendez-vous. Il reprit :

« Corentin attelera en fin de semaine. Il me conduira à la malle-poste, dit-il en enfonçant son chapeau qui ombragea ses yeux. Allez les gars, tâchez de revenir ce soir. Le nouveau propriétaire vous en remerciera.

– Si la patronne revient pas tout à fait guérie, je la remettrai sur pieds toute neuve grâce à mes plantes, foi d'animal, déclara le meneur de loups. Et en animal, je m'y connais ! »

L'amicale visite fit chaud au cœur de Jean-Marie qui retrouva le sourire lorsqu'il aperçut le gourdin à lien de cuir oublié par Bléogat. « En voilà un qui sera bien obligé de revenir. Pourvu qu'il ne rencontre pas un loup », se dit à lui-même le patron.

De ceux-là on en parlait plus. On savait qu'ils pointeraient les oreilles à l'apparition du froid, et un petit groupe de paysans s'était formé pour mener une battue dès la première alerte. Battue clandestine puisqu'avec les délais des administrations pour obtenir la permission d'entrer en guerre, le loup avait le temps de déguerpir ! On en parlerait seulement au maire.

Corentin serra la main vigoureusement à Jean-Marie au moment où celui-ci montait dans la diligence. Dans cette étreinte passa toute la volonté des deux hommes pour qu'Anne guérisse.

Ses voisins de banc, il les connaissait pratiquement tous mais n'avait aucune envie de faire conversation. On est pas bavard dans ce pays et chacun possède une grande pudeur eu égard à ses sentiments. Il regarda simplement le paysage par la vitre arrière, là où il s'était rencogné. La route à peine carrossable qui longeait un moment le marais lui permit d'attarder son regard sur la tourbière. Les trois jours de pluie récente nappaient par endroits d'une eau verdâtre cette terre qui à l'ordinaire se présentait sous l'aspect d'un désert fissuré, craquelé comme une vieille faïence, un sol désespérant et lugubre de lac gelé.

Plus loin, sur la lande bosselée où parfois se hérissaient des roches déchiquetées, quelques ajoncs lançaient leurs derniers feux tandis que les bruyères déclinaient du violet au mauve pour aboutir à un indigo roussi couleur de terre.

« Octobre aux teintes d'or a décliné vers le triste Novembre. Les pommes ont été cueillies, et

engrangées, et la terre s'est hérissée d'âpres et bruns rameaux de mort sur une étendue désolée d'eau fangeuse[1] . »

À l'approche de Quimper il salua ses silencieux compagnons et traversa la ville pour accéder à l'hôpital. Il se demanda si sa morosité était due à ses soucis mais ces rues lui semblèrent tristes. Rien de comparable avec la foire de Brasparts grouillante où résonnaient les cris, les musiques et les interpellations des vendeurs. Cependant il admira les maisons à colombages agrémentées de personnages en bois sculpté, les échoppes aux propositions trop sages. Il se promit, au retour, de visiter la cathédrale dans laquelle figurait une mise au tombeau qui, à entendre Monsieur le recteur, l'avait fortement ému.

Il ne se serait pas cru si vulnérable ; son cœur battit la chamade lorsqu'il pénétra dans la cour aux pavés disjoints et émoussés par le trafic des voituriers. Des sœurs se croisaient, les bras chargés de pièces de toile ou poussant une brouette de linge sale. On lui indiqua l'emplacement d'Anne dans une grande salle d'une quarantaine de lits. Il la reconnut de suite parmi les quatre ou cinq femmes assises, groupées entre les deux rangées de lits, absorbées par de la couture ou de la charpie. Elle devina sa

1. *Extrait de la pièce de théâtre* Meurtre dans la Cathédrale *de T. S. Eliot.*

présence et lâcha son ouvrage. Son visage s'éclaira d'un franc sourire.

Malgré ses yeux agrandis par des cernes, il lui trouva les traits reposés. Sa coiffure le surprit. Retenus à l'ordinaire sous un bonnet ou une coiffe à deux pans suivant la tradition de sa paroisse, ses cheveux, lissés, étaient réunis strictement au sommet de la tête sur un ruban noir à la façon des bigoudènes. Son corps flottait dans une ample chemise blanche. Lorsqu'elle se leva, elle lui parut grandie bien qu'il la dépassât encore de dix bons centimètres ! Il la serra un instant contre lui, suscitant la curiosité des aides en couture et sans doute de la salle entière.

Deux sœurs, si identiques dans leur tenue grise ainsi que dans leurs gestes à redresser un lit, les prièrent de passer dans la galerie. Anne mit un châle sur ses épaules et s'efforça de mettre son pas dans celui de son époux, mal à l'aise dans cet environnement où l'on côtoyait la mort. Ils longèrent un long couloir où parfois s'affligeait un estropié en espoir d'être soigné par charité. À travers les hautes fenêtres on apercevait un jardin. Elle le connaissait ce jardin où certains malades recevaient la permission de prendre du soleil. Enfin il parla, doucement comme on le fait à un petit enfant :

« Tu vas bien ma belle ? Qu'est-ce qu'ils disent les docteurs ?

– La pleurésie n'a pas abîmé les poumons. Encore un peu les bronches qui me font tousser le matin. Je suis bien soignée.

– Tant mieux, tant mieux. On se languit de toi à la maison.

– Comment va Rosine ? Et Hervé, est-il bien "amiclоté" par Marie-Jeanne ? »

Elle énuméra tous les membres de la maisonnée y compris Yves et Corentin, car valet et commis occupaient la même place dans son cœur. Il opina du chef et répétait : « ça va, ça va… » Elle murmura :

« Et François ? »

Malgré sa partialité, elle montrait pour ce fils plus d'inquiétude. C'était le plus instruit, avec des pensées et des raisonnements qu'elle comprenait difficilement. De quel ancêtre tirait-il ainsi ses réflexions ? Reclus dans un séminaire, elle ne pouvait que s'en réjouir…

« Je l'ai vu. Il est au courant pour toi Ma'm. Il priera beaucoup pour ta guérison. "C'est la seule chose que je peux faire pour elle", a-t-il dit. J'ai passé la nuit avec trois, quatre bougres. Il y a quelques chambres pour les pèlerins qui viennent en retraite, ou pour les visiteurs lointains.

– Raconte, comment il est ?

– Sérieux, comme les autres au travail, mais chahuteur aux récréations. Il joue à la soule, apprend la lutte bretonne et chante comme un dieu. J'ai assisté à leur messe.

– Comme un dieu ! Tu exagères ! » s'exclama Anne qui avait réappris à rire.

Il lui fit promettre de bien se laisser soigner. De son côté elle lui recommanda qu'il assiste avec la maisonnée à la joyeuse messe des saints le matin de la Toussaint, et aux vêpres en souvenir des morts.

« Pour l'instant je pense surtout aux vivants », dit-il.

Mais il ajouta, voyant qu'il la choquait :

« Je te ramènerai du pain béni. »

La mère supérieure interrompit leur tête-à-tête et fit comprendre à sa malade qu'elle devait regagner le lit pour les potions. Voyant la déception de Jean-Marie, elle déclara :

« Votre épouse fêtera Noël chez vous, si elle est raisonnable. »

Ils se quittèrent plein de joie, surtout que François aurait un congé « entre le bœuf et l'âne gris ».

XXV

La battue tragique

BIENTÔT IL FALLUT ACTIVER les tisons car au petit matin une gelée blanche nacrait la campagne. C'est vers midi, alors que le soleil forçait sans succès les nuages, que le cousin Louis, protégé par une cape de gros drap noir qui le faisait ressembler à un corbeau, descendit de Commana sur son cheval vers le hameau. Contrairement aux usages, Jean-Marie en vint au fait tout de suite. Ils pénétrèrent dans la cuisine où Marie-Jeanne prit l'initiative de rajouter une écuelle.

« Qu'est-ce qui t'amène cousin ?

– Savoir les nouvelles pour la santé de la patronne.

– Tu es bien brave. Elle va mieux, merci. Mais tu ne vas pas me faire croire que tu descends de Commana pour ça, alors que la pauvre Anne est malade depuis des semaines !

– Il y a autre chose…

– Nous y voilà.

– Chez nous, les loups sont dans le secteur. Mathurin, tu sais ? le vieux fou… Il les a entendus qui se répondent à six kilomètres de distance. Il en a fait crever un avec de la viande empoisonnée.

– Vous n'allez pas vous vanter de l'exploit ! C'est dangereux votre truc. Dangereux pour les chiens, pour les bestioles qu'on chasse pour manger. »

L'autre fit un geste évasif de la main. « Qu'est-ce que tu attends de moi ? questionna Jean-Marie qui en réalité le voyait venir.

– Ton groupe de volontaires, il est toujours d'accord pour la battue ?

– Tu y tiens vraiment ? On va perdre des heures à cavaler dans la forêt, ça me fatigue d'avance. Et puis d'abord, ton Mathurin il est un peu cinglé ? »

Louis insista tant qu'il l'eut à l'usure.

Ils décidèrent ensemble la limite du périmètre, et Jean-Marie promit de déclencher l'opération après en avoir référé auprès du maire.

« Écoute bien cousin. C'est la dernière fois. Je ne peux plus prendre de risques avec Anne et un marmousin. Après, ne viens plus m'em… avec tes "fantasias" ! »

Ils complotèrent l'opération chez Philomène. Les fougueux de Commana et les enragés de Saint-Rivoal étaient au rendez-vous. Les gendarmes, qui ne voulaient pas avoir d'ennuis, feignaient de tout ignorer, accoudés au comptoir en comptant les mouches du plafond.

Jean-Marie fit le recensement de ceux qui possédaient un fusil. Certains en avaient gardé le secret mais jouèrent franc jeu, histoire d'épater ceux qui ne s'armeraient que d'une fourche ou d'un gourdin. Les plus jeunes, munis de casseroles et de ferblanterie, se poussèrent du coude d'un air rigolard à l'évocation du tintamarre qui ferait sortir les loups du bois.

On fit confiance au plus vieux des paysans pour fixer le jour et l'heure de la battue sur sa connaissance de la lune qui indiquerait l'absence de vent indispensable pour l'opération.

« Un loup, ça vous renifle à cinq kilomètres ! » décréta-t-il.

Les femmes furent tenues en dehors des conciliabules, mais murmuraient entre elles qu'il n'y avait pas d'omelette sans casser d'œufs et que pareille équipée finissait toujours dans les larmes. Ne se souvenait-on pas du pauvre bougre enlisé dans le marais, et de certains intersignes déconseillant le massacre malgré l'encouragement de l'Église à exterminer ces suppôts de Satan ? Louise se proposa de collecter des vivres pour déposer en offrande aux pieds de saint Hervé. Une autre s'offrit pour sacrifier un de ses agneaux. Elle l'attacherait comme appât à un arbre : un ou deux chasseurs à l'affût et le tour serait joué.

Ils partirent dans la brume, tels des fantômes. Pour se rendre à la Feuillée, certains avaient déjà parcouru des lieues et se joignirent aux autres avec des airs de conspirateurs. Jean-Marie se mit à la tête de son armée. Le cousin pouvait être content, il l'avait convaincu. Seulement le drôle dans l'histoire c'est que le poltron n'était pas au rendez-vous ! Du temps du commandant de battue, son manquement lui aurait valu une belle amende…

La première heure, ils avancèrent en silence, les sabots retenus ensemble par un lien et rejetés sur le dos. Leurs silhouettes, découpées sur la lueur blafarde de la lune, se hérissaient de piques et de fusils. À l'orée du bois, ils chaussèrent leurs sabots et ordre fut donné aux jeunes recrues de commencer le charivari. Chacun connaissant son rôle, le groupe se scinda en deux, les traqueurs dans le bois servant de rabatteurs et les tireurs au découvert.

Ce fut Anatole qui le premier vit l'animal. C'était un loup gris-jaune charbonné de noir. Il fuyait, l'échine basse, disparaissant par intervalle dans la futaie. Malgré l'absence de vent il avait humé les hommes. Alors les « musiciens » s'en donnèrent à cœur joie à jouer de leur quincaillerie. S'y mêlaient le craquement des branches arrachées à coups de hache pour se frayer un chemin et les cris des hommes excités par la poursuite.

Au sortir du bois les sabots écrasèrent les fougères roussies, butèrent sur des souches dissimulées sous le lit d'humus. La bête traquée fut contrainte de se mettre à découvert. À l'étonnement des chasseurs, elle fut rejointe par deux louveteaux émergeant du talus. En fait de mâle il s'agissait d'une belle louve…

Jean-Marie hurla pour se faire entendre :

« Arrêtez le vacarme et tirez vous autres ! Laissez-moi l'adulte ! »

Des coups claquèrent : un louveteau s'écroula tandis que l'autre affolé se dirigeait vers le rucher.

« Encerclez-le, imbéciles ! ne le laissez pas filer ! » cria Jean-Marie à la horde de sauvages dont l'un assenait bien inutilement un coup de gourdin au louveteau crevé de plomb.

La louve, désemparée, s'immobilisa une fraction de seconde, tint sa queue droite et dressa ses oreilles. Jean-Marie la mit en joue. À cet instant le meneur de loups alerté par le tohu-bohu sortit de sa chaumière et dévala le versant, bras levés, s'écriant :

« Arrêtez bande d'assassins ! »

Deux détonations partirent en même temps. L'homme s'abattit face contre terre, les yeux agrandis par l'étonnement, dans un plongeon fatal, et le loup s'affaissa dans l'herbe glacée en un sursaut définitif, découvrant son ventre à la fourrure blanche profanée par une étoile rouge.

Jean-Marie et Anatole se rejoignirent atterrés auprès des deux cadavres, car ils étaient bien morts tous les deux… Seul l'autre louveteau s'était éclipsé, mais âgé de quelques mois il n'irait pas loin. Le drame rendit muette et silencieuse l'approche des autres traqueurs. Après la consternation, ce fut l'effroi. Personne ne chercha à déterminer qui des deux hommes avait tiré sur le meneur de loups. Eux-mêmes ne comprenaient pas. On appela cette « bévue » : accident de chasse. Pas question de demander une prime pour les loups ! Le maire étouffa l'affaire. CE FUT LA DERNIÈRE BATTUE.

Les femmes des hameaux concernés eurent beau intercéder auprès de Monsieur de recteur, il ne consentit pas à donner à l'âme de l'innocent les consolations de la religion ; l'ami des loups c'était forcément l'allié du Diable. Tout au plus permit-on de l'enterrer dans la fosse commune. Les auteurs de la battue avaient passé des heures à choisir pour lui de l'enfouir avec les deux loups ses amis dans les bois, son domaine où il avait vécu. Peine perdue…

De ce jour, Rosine changea de caractère. On ne la vit retrouver le sourire qu'aux abords de Noël. Elle évitait son père qui en éprouvait grand chagrin. Son obligation d'apprendre le français à l'école intimidait le patron. Il la voyait absorbée par ses devoirs ou à l'écoute du petit frère qu'elle surveillait lorsque Marie-Jeanne vaquait aux animaux ou barattait en vue du marché.

Il n'était plus question d'internat, et Yves assumait avec joie les trajets à cheval. Par temps de pluie, il attelait le char à bancs et tous deux s'abritaient sous une capote où ils pouvaient rire à en surprendre les escargots des talus.

Bléogat, qui ne voulut jamais parler à personne de la tuerie dont il était complètement étranger, avait été profondément affecté de la perte de son ami. Sur la suggestion de certains paysans, les notables lui proposèrent d'habiter la chaumière du meneur de loups puisqu'il ne possédait aucune famille. Comme ils s'y attendaient, l'homme aux cheveux rouges refusa, se prétendant indigne de s'approprier la tanière (comme il se plaisait à le dire) du saint homme. Il avança aussi qu'à l'époque du charbon de bois il se déplaçait suivant les coupes. Cédant aux supplications de Rosine, il finit par accepter. Maintenant on reconnaissait au disparu mille vertus et les matrones regrettaient qu'il emportât avec lui le secret de ses médecines.

Anne, guérie et revenue au foyer, réchauffa les cendres mortes.

Le discret Corentin qui ne fréquentait guère la taverne et répugnait aux ragots, ne fut toutefois pas tenu dans l'ignorance. L'ouvrage le retenant à la ferme, il n'avait pas participé à la battue. Il en était soulagé ; parfois sa cheville lui rappelait l'horrible douleur causée par le « traquenard[1] » mais au lieu d'envisager une revanche, son esprit voulait la paix, une réconciliation des hommes avec les loups. Lorsque Jean-Marie revint de la funeste expédition, il jeta son fusil sur la table et commanda à son valet :

« Tu me fourbiras cet outil et tu le remiseras dans la grange sur un râtelier. »

1. *Traquenard : piège à loups.*

XXVI

Aux tisons de Noël, l'ombre du dernier loup

Qui d'autre que Bléogat était le mieux placé pour dénicher la bûche devant laquelle on fêterait Noël ? Il arpenta la forêt à la recherche du bois le plus dur afin que l'on puisse le faire brûler un peu chaque soir avant la belle nuit. Lorsqu'ils entendirent le grincement de sa brouette, ils crurent tout d'abord qu'il transportait un sanglier !

Les paysages de neige, c'étaient sur les images de l'almanach. Eux ne la connaissaient pas ou pour le moins quelques flocons qui fondaient avant de toucher le sol. Ce soir, l'air était doux. Les jours qu'égrenait ce mois de décembre offraient une lumière dorée, à l'heure où les bêtes regagnent les étables. Au seuil de la porte, Anne, dont le bonheur confortait sa santé, serrait contre elle le petit Hervé délivré de ses bandelettes qui agitait furieusement bras et jambes comme un lapereau prisonnier. Jean-Marie et Corentin étaient partis à l'auberge-relais où descendrait François de la diligence pour son congé.

Bléogat les attendait afin d'installer la bûche – qui pesait bien cent kilos – dans l'âtre car il fallait être tous présents pour l'occasion. De plus, il n'était pas Samson ! Il s'adressa à Anne :

« N'oubliez pas de garder un tison, Ma'm, pour le déposer sur le haut de l'armoire. Il vous protégera de l'orage et de la foudre…

– Je sais tout cela, mon brave. Elle n'est pas prête de s'éteindre celle-là ! »

Marie-Jeanne rêvait en tournant une pâte à beignets. Au récent marché de Brasparts où s'étaient vendus dans la liesse populaire à quelques jours de Noël, oies, chapons, porcelets et pâté de venaison, elle avait aperçu Loizic. Il riait, une belle fille à son bras. Elle l'avait désigné à Rosine en lui pinçant le bras. Si son cœur se mit à battre à la vue du marin en permission, ce ne fut que par crainte d'être abordée. Corentin pouvait dormir tranquille ! Leurs regards se croisèrent. Il dut faire un trait d'esprit pour provoquer l'hilarité vulgaire de sa compagne. Marie-Jeanne haussa les épaules et s'adressant à Rosine :

« Tu vois à quoi j'ai échappé… Fais attention aux garçons ma poulette. Les beaux parleurs, les enjôleurs, c'est juste bien pour danser au son de la cornemuse ! »

* *
*

Ils se rendirent tous ensemble au bourg bien avant la messe de minuit. Seul Fistoulig garda la maison et sans doute s'endormit-il en regardant les flammes lécher la bûche géante.

Sur la place aux Cochons, sous les halles et chez Philomène, des jeunes gens et les enfants participaient « à casser le gâteau » de longue tradition. Qui aurait la fève ? Lequel d'entre eux devrait payer un autre gâteau ? Yves jubilait en allant d'un groupe à l'autre.

Anne, qui sous aucun prétexte ne devait prendre le mal, pénétra dans l'église avec son poupon, accompagnée de Marie-Jeanne, pour suivre les offices précédant la messe de minuit. Au passage de l'ossuaire dans l'enclos, elle jeta un coup d'œil sur la représentation de la mort. La sculpture était grimaçante, une faulx à la main. Anne frissonna et pensa tout haut : « Je te suivrai bien un jour mais tu vois, ce n'est pas pour maintenant. Je suis trop heureuse. »

Au retour, Rosine trouva dans ses sabots quelques gâteaux, une orange et un Jésus en sucre.

Les femmes s'attablèrent avec les hommes. Ils se souhaitèrent bon Noël en levant leur verre. Marie-Jeanne resta debout pour demander la parole. Les joues empourprées, les yeux fixés sur son écuelle, elle dit simplement :

« Corentin et moi, on attend un petit… »

Ce furent des explosions de joie, des applaudissements. On embrassa sa chacune. Rosine qui avait encore des réactions d'enfant battit des mains à l'annonce de la grande nouvelle.

Le calme revenu, le frappement du gourdin sur le sol caillouteux rappela qu'on avait un peu oublié Bléogat invité au repas, puis à la veillée.

« Va accueillir ton ami, Rosine », dit Jean-Marie.

Elle dut se mettre sur la pointe des pieds pour décrocher la lanterne à loups fichée au chambranle de la porte.

La nuit était si claire que le géant roux pouvait se dispenser de cette lumière, mais il rit dans son cœur d'apercevoir la fillette qu'il aimait.

Au-delà du muret, elle vit se profiler en ombre chinoise sur ce ciel de Noël la silhouette du grand loup à trois pattes. Celui qui s'était mutilé pour sa liberté. Elle éleva la lanterne à bout de bras. Bléogat entra joyeusement dans le halo de lumière.

Peut-être fit-elle ce geste afin de souhaiter bonne route à la bête aux yeux jaunes ? Elle garda cette vision pour elle. Ne disait-on pas que les animaux avaient le don de parole la nuit de Noël ? Il lui disait sans doute « au revoir » car ce fut le dernier loup que l'on vit dans les monts d'Arrée…

Bibliographie

BERNARD Daniel, *Des loups et des hommes. Histoire et traditions populaires,* De Borée, 2000.

BERNARD Daniel, DUBOIS Daniel, *L'Homme et le Loup,* « Espace des hommes », Berger-Levrault, 1981.

BREKILIEN Yann, *Les Paysans bretons au XIXe siècle,* « La Vie quotidienne », Hachette, 1994.

ELEGOET Louis, *Ancêtres et Terroirs. Onze générations de paysans de Basse-Bretagne,* éditions Ouest France Université, 1990.

LE SCOUËZEC, *Brasparts,* Seuil, 1979.

VADROT Claude-Marie, *Le Loup,* Actes Sud Junior, 2000.

Bulletins consultés :

Autour du Yeun Elez

Le métier de charbonnier dans la montagne d'Arrée

Fêtes et saisons dans les monts d'Arrée
L'Arrée, chemin faisant de l'Association des Amis de l'écomusée des monts d'Arrée – Commana.

Table des matières

Imprimé en Espagne
Dépôt légal : juillet 2022
ISBN : 978-2-8129-2965-6
ISSN : 1627-6779

www.deboree.com
livres@centrefrance.com